线装国学馆
全唐诗精选

全唐诗精选

全唐诗精选

线装国学馆

第二卷

李白

【作者简介】

李白(701—762),字太白,号青莲居士。祖籍陇西成纪(今甘肃天水),先世隋时因罪徙西域,至其父始迁居彰明(今四川江油)之青莲乡。家世、家族皆不详。唐代诗人,被后人誉为『诗仙』,与杜甫并称为『李杜』(即『大李杜』)。性格爽朗大方,好饮酒,喜交友。开元十二年(724)离开故乡远游。天宝时,受唐玄宗仰慕,供奉翰林。唐肃宗时授右拾遗,后任华州司功参军。上元三年(762)逝于当涂,死因历来莫衷一是。

远别离①

远别离,古有皇英之二女,乃在洞庭之南,潇湘之浦②。海水直下万里深③,谁人不言此离苦?日惨惨兮云冥冥,猩猩啼烟兮鬼啸雨④。我纵言之将何补⑤?皇穹窃恐不照余之忠诚,雷凭凭兮欲吼怒⑥。尧舜当之亦禅禹⑦,君失臣兮龙为鱼,权归臣兮鼠变虎。或言尧幽囚,舜野死,九疑联绵皆相似,重瞳孤坟竟何是⑧?帝子泣兮绿云间,随风波兮去无还⑨。恸哭兮远望,见苍梧之深山。苍梧山崩湘水绝,竹上之泪乃可灭⑩。

【注释】

① 远别离:乐府别离十九曲之一,多写悲伤离别之事。

② 皇英:娥皇、女英,相传是尧的女儿,嫁于舜。乃:就。洞庭:即洞庭湖。潇湘:潇水、湘水的总称。二水在湖南零陵合流。浦:水边之地。《水经注·湘水》中记载:『言大舜之陟方也,二妃从征,溺于湘江,神游洞庭之渊,出入潇湘之浦。』

③ 海水:泛指大水,即潇湘、洞庭之水。

④ 惨惨:昏暗的样子。冥冥:不明亮。啼烟、啸雨:在烟中啼,在雨中啸。此两句比喻当时的黑暗政治。

⑤ 补:益处。

⑥ 皇穹二句:本《离骚》『荃(香草,喻君王)不察余之中情兮,反信谗而齌怒。』皇穹:皇天,借指唐玄宗。窃恐:私下以为。照:明察。雷凭凭:雷声响亮且接连不断,比喻君王之怒。雷:一作『云』。

⑦ 禅(shàn):禅让,将君位让给他人。此句为紧缩句,即:尧当之亦禅舜,舜当之亦禅禹。之:指下文『君失臣』『权归臣』。

⑧ 尧幽囚:《史记·五帝本纪》中引《竹书纪年》云:『昔尧德衰,为舜所囚。』幽囚:囚禁。舜野死:传说舜在巡视时死在苍梧(大致在今湖南南部)。野死:死于野外。九疑:即苍梧山,在今湖南永州宁远县境内,相传舜死后葬于此地。重瞳:指舜,相传舜每只眼睛有两个瞳孔。

⑨ 帝子:帝王的孩子,指娥皇、女英。绿云:绿色如云的竹林。

⑩ 此句意为:传说舜死后,娥皇、女英痛哭,泪下沾竹,竹上即呈现斑纹。除非苍梧山崩裂,湘水断流,竹上的泪痕才会消失。竹:即洞庭湖边特产的斑竹,又称湘妃竹。

蜀道难①

噫吁嚱②,危乎高哉!蜀道之难,难于上青天。蚕丛及鱼凫,开国何茫然③!尔来四万八千岁,不与秦塞通人烟④。西当太白有鸟道,可以横绝峨眉巅⑤。地崩山摧壮士死,然后天梯石栈相钩连⑥。上有六龙回日之高标,下有冲波逆折之回川⑦。黄鹤之飞尚不得过,猿猱欲度愁攀援⑧。青泥何盘盘,百步九折萦岩峦⑨。扪参历井仰胁息,以手抚膺坐长叹⑩。问君西游何时还?畏途巉岩不可攀⑪。但见悲鸟号古木,雄飞从雌绕林间⑫。又闻子规啼夜月,愁空山⑬。蜀道之难,难于上青天,使人听此凋朱颜⑭。连峰去天不盈尺⑮,枯松倒挂倚绝壁。飞湍瀑流争喧豗,砯压转石万壑雷⑯。其险也如此,嗟尔远道之人胡为乎来哉⑰!剑阁峥嵘而崔嵬⑱,一夫当关,万夫莫开。所守或匪亲⑲,化为狼与豺。朝避猛虎,夕避长蛇,磨牙吮血,杀人如麻。锦城虽云乐⑳,不如早还家。蜀道之难,难于上青天,侧身西望长咨嗟㉑!

【注释】

①蜀道难：南朝乐府旧题。

②噫吁嚱(xī)：惊叹声，蜀地方言。

③蚕丛、鱼凫(fú)：传说中古蜀国两个国王的名字。茫然：遥远，完全不知道的样子。

④尔来：自从那时以来。四万八千岁：夸张的说法，极言时间之长。不与：一作『乃与』。秦塞：秦的关塞，指秦地。秦在古时被称为『四塞之地』。通人烟：人员往来。

⑤西当：西边。太白：即太白山，在秦都咸阳之西，故云『西当太白』。鸟道：指连绵高山间、人迹所不能至的道路。横绝：横度，横越。峨嵋：即峨嵋山，也作『峨眉山』『蛾眉山』，在今四川峨眉山一带。

⑥此两句来自『五丁开山』的故事。据《华阳国志·蜀志》记载：秦惠王为征服蜀国，知道蜀王好色，便答应送五个美女给他。蜀王派五位壮士开山辟路接人。回到梓潼(今四川剑阁之南)的时候，看见一条大蛇进入石穴中，一位壮士抓住了它的尾巴，其余四人也来相助，用力往外拽。不一会儿，山崩地裂，五位壮士和五位美女都被压死。山分为五岭，入蜀之路遂通。天梯：陡峭、高险的山路。石栈：在山崖上凿石架木而成的栈道。

⑦六龙回日：古代神话，指羲和驾着六条龙所拉的车子载太阳在空中穿行。《淮南子》中有注云：『日乘车，驾以六龙。羲和御之。日至此而薄于虞渊(传说中的日落处)，羲和至此而回六螭。』高标：可作为标志的山中最高峰。冲波：水流冲击腾起的波浪，此处指激流。逆折：水流回旋。回川：有旋涡的河流。

⑧黄鹤：即黄鹄，善飞的大鸟。猱(náo)：蜀地所产的一种善攀援的猴。

⑨青泥：即青泥岭，在今陕西汉中略阳北。盘盘：曲折盘旋的样子。折：弯。萦(yíng)：盘绕。岩峦：山峰。

⑩扪：用手摸。历：经过。参、井：即参星、井星。古人把参星作为蜀之分野，把井星作为秦之分野。胁息：屏气。膺：胸口。坐：徒，空。

⑪畏途：可怕的路途。巉(chán)岩：陡峭、突出的岩石。

⑫号：大声啼叫。木：林。雄飞从雌：一作『雄飞雌从』。

全唐诗精选

⑬子规：即杜鹃，相传为蜀古望帝魂魄所化。此两句一说断为『又闻子规啼，夜月愁空山』。

⑭凋：凋谢。朱颜：红颜，青春的容颜。

⑮去：距离。盈：满。

⑯飞湍：急流。喧豗(huī)：喧闹声。砯(pīng)：水撞击岩石的声音，此处指撞击。转：使滚动。壑：山谷。

⑰嗟：感叹声。尔：你。胡为：为什么。来：指入蜀地。

⑱剑阁：即剑门关，在四川广元剑阁北剑门山中，是大剑山、小剑山之间的一条栈道，长约三十余里。峥嵘、崔嵬(wéi)：形容山势高大雄峻。

⑲所守：把守的人。或：或者，假如。匪亲：不是亲子弟、亲信。

⑳锦城：即锦官城，成都的别称。成都以产锦著名，故有此称呼。

㉑咨嗟：叹息。

将进酒①

君不见，黄河之水天上来，奔流到海不复回！君不见，高堂明镜悲白发，朝如青丝暮成雪②！人生得意须尽欢，莫使金樽空对月③。天生我材必有用，千金散尽还复来。烹羊宰牛且为乐，会须一饮三百杯④。岑夫子，丹丘生，将进酒，杯莫停⑤。与君歌一曲，请君为我侧耳听⑥。钟鼓馔玉不足贵⑦，但愿长醉不愿醒；古来圣贤皆寂寞，惟有饮者留其名。陈王昔时宴平乐，斗酒十千恣欢谑⑧。主人何为言少钱，径须沽取对君酌⑨。五花马⑩，千金裘，呼儿将出换美酒，与尔同销万古愁。

【注释】

①将(qiāng)进酒：请饮酒。乐府古题，系汉乐府短箫铙歌的曲调。

② 高堂：房屋的正室厅堂。一作『床头』。青丝：指柔软的黑发。一作『青云』。成：一作『如』。雪：指白发。

③ 金樽：盛酒的器具。

④ 会须：正应该。

⑤ 岑夫子：即岑勋，南阳人。丹丘生：即元丹丘。二人均为李白好友。杯莫停：一作『君莫停』。

⑥ 侧：一作『倾』。

⑦ 钟鼓：古代礼乐器，指富贵人家的音乐。馔(zhuàn)玉：以玉为馔，指珍美如玉的食物。

⑧ 陈王：即陈王曹植(192—232)，字子建，是曹操的第三子。平乐(lè)：即平乐观，在洛阳西门外，为汉代富豪显贵的娱乐场所。斗酒十千：一斗酒值十千钱，极言酒美。恣：纵情任意。谑：开玩笑。

⑨ 言少钱：一作『言钱少』。径须：干脆，只管。沽：买。

⑩ 五花马：名贵的马，一说鬃毛剪梳五瓣，一说毛色呈五花纹。

行路难（其一）

金樽清酒斗十千，玉盘珍羞直万钱①，停杯投箸不能食，拔剑击柱心茫然②。欲渡黄河冰塞川，将登太行雪满山。闲来垂钓碧溪上，忽复乘舟梦日边③。行路难，行路难！多岐路④，今安在？长风破浪会有时⑤，直挂云帆济沧海。

【注释】

① 珍羞：珍贵的菜肴。羞：通『馐』。直：通『值』。

② 箸：筷子。一作『筋』。

③ 垂钓碧溪上：用典，传说姜尚遇周文王之前，曾在磻溪(今陕西宝鸡东南)钓鱼。乘舟梦日边：用典，伊尹见商汤以前，曾梦见自己乘舟从日月边经过。碧，一作『坐』。

④ 岐路：岔路。岐：一作『歧』。安：哪里。

⑤ 长风破浪：比喻实现宏大抱负。据《宋书·宗悫传》记载：宗悫少年时，叔父宗炳问他的志向，他说：『愿乘长风破万里浪。』会：当。

日出入行①

日出东方隈②，似从地底来。历天又入海，六龙所舍安在哉③！其始与终古不息，人非元气，安能与之久徘徊④。草不谢荣于春风，木不怨落于秋天⑤。谁挥鞭策驱四运？万物兴歇皆自然⑥。羲和，羲和，汝奚汩没于荒淫之波⑦？鲁阳何德，驻景挥戈⑧？逆道违天，矫诬实多！吾将囊括大块，浩然与溟涬同科⑨。

【注释】

① 题目一作《日出行》。

② 隈(wēi)：山水弯曲的地方。

③ 六龙：指太阳。传说太阳之母羲和用六条龙驾车。舍：住宿的地方。

④ 元气：道家哲学术语，指天地未分前的混沌之气，被认为是天地万物的本原。能：一作『得』。

⑤ 荣：茂盛。落：凋枯。

⑥ 四运：四时，四季。兴歇：生长和衰落。

⑦ 羲和：神话中太阳之母。传说她是十个儿子(太阳)的车夫。汩没：隐没。荒淫：浩瀚无际貌。

⑧ 鲁阳：即鲁阳公。《淮南子·览冥训》中记载，春秋时楚国的鲁阳公率军与韩国交战，眼看太阳就要落山，他举起长戈向日挥舞，吼声如雷，『日为之反三舍』。驻：停留。

⑨ 囊括：包罗。大块：大地，自然。溟(mǐng)涬(xìng)：即元气。同科：同类。

关山月①

明月出天山②，苍茫云海间。长风几万里，吹度玉门关。汉下白登道，胡窥青海湾③。由来征战地④，不见有人还。戍客望边邑⑤，思归多苦颜。高楼当此夜⑥，叹息未应闲。

【注释】

①关山月：乐府旧题，多写离别哀伤之情。

②天山：即祁连山。

③下：出兵。白登：即白登山，在今山西大同东。窥：窥伺。青海湾：即青海湖。

④由来：自始以来。

⑤戍客：驻守边疆的战士。邑：一作『色』。

⑥高楼：闺楼，借指戍客之妻。

塞下曲

其一

五月天山雪①，无花只有寒。笛中闻《折柳》②，春色未曾看。晓战随金鼓③，宵眠抱玉鞍。愿将腰下剑，直为斩楼兰④。

其二

骏马似风飙，鸣鞭向渭桥⑤。弯弓辞汉月，插羽破天骄⑥。阵解星芒尽，营空海雾消⑦。归来画麟阁，独有霍嫖姚⑧。

【注释】

①天山：即祁连山。

②《折柳》：即《折杨柳》，乐府《横吹曲》的曲调名，内容多写伤春惜别、兵事劳苦、怀念征人之情。

③金鼓：指钲和鼓，古时进军击鼓，退军鸣金。斩楼兰：消灭敌人。楼兰：原指西域古国楼兰，此处泛指外族之敌。

⑤鸣鞭：挥鞭产生的响声。渭桥：又名中渭桥，渭水上的桥，在长安西北。唐代前往西域的人，出长安之后都要经过这里。

⑥插羽：插好羽箭。天骄：指强敌。

⑦解：解散。星：指髦头星。《史记·天官书》有言：『昴曰髦头，胡星也。』星芒尽：星不再放射光芒，指击败敌人，战争结束。海雾：沙漠上的雾气，指战争。

⑧麟阁：即麒麟阁，为汉高祖时萧何所建，用来储藏图书和资料。汉宣帝为了纪念功臣，下令在其上画霍光等十九人像。画麟阁：泛指取得功勋和荣誉。霍嫖姚：即霍去病。汉武帝时战匈奴有功，曾做过嫖姚校尉，世称『霍嫖姚』。麟阁十九人的画像中，并没有霍去病。此处暗讽唐玄宗用人唯亲。

登高丘而望远海①

登高丘，望远海，六鳌骨已霜，三山流安在②？扶桑半摧折③，白日沉光彩。银台金阙如梦中，秦皇汉武空相待④。精卫费木石，鼋鼍无所凭⑤。君不见，骊山茂陵尽灰灭，牧羊之子来攀登⑥。盗贼劫宝玉，精灵竟何能⑦？穷兵黩武今如此，鼎湖飞龙安可乘！

【注释】

①题目一作《登高丘而望远》。

②六鳌：神话中负载五仙山的六只大龟。意谓仙境渺茫，不足凭信。据《列子·汤问》中记载：渤海之东，有岱舆、员峤、方壶、瀛洲、蓬

莱五山。五山之根，无所连，常随潮波上下往还，帝使巨鳌十五，举首而戴之，五山始峙而不动。龙伯之国有大人，举足不盈数步而暨五山之所，一钓而连六鳌，合负而趣归其国，灼其骨以数焉。于是岱舆、员峤二山流于北极，沉于大海。三山：即三神山，指方壶（一作方丈）、瀛洲、蓬莱，传说是仙人所居之处。流安在：漂浮不定，难以寻觅。

③扶桑：神木名，是太阳升起之处。

④银台金阙：据《史记·封禅书》记载，秦始皇和汉武帝都曾派方士入海，寻三神山，求不死之药。据说山中仙人以金银为宫阙。空相待：指求不死之药而不得。

⑤精卫费木石：指精卫填海，耗费木石而无果。鼋（yuán）鼍（tuó）：神话传说中的巨鳖和猪婆龙（扬子鳄）。无所凭：无处寄身。

⑥骊山：指秦始皇陵墓，在今陕西西安临潼南。茂陵：汉武帝陵墓，在今陕西咸阳兴平境内。

⑦精灵：指秦始皇、汉武帝的神灵。

⑧鼎湖飞龙：据《史记·封禅书》记载，黄帝铸鼎于荆山之下，鼎成，乘龙飞天而成仙，后人因名其处曰鼎湖。此处指秦始皇、汉武帝求仙而不免一死。

长干行（其一）①

妾发初覆额，折花门前剧②。郎骑竹马来，绕床弄青梅③。同居长干里，两小无嫌猜④。十四为君妇，羞颜未尝开。低头向暗壁，千唤不一回⑤。十五始展眉，愿同尘与灰⑥。常存抱柱信，岂上望夫台⑦？十六君远行，瞿塘滟滪堆⑧。五月不可触，猿声天上哀⑨。门前迟行迹，一一生绿苔⑩。苔深不能扫，落叶秋风早。八月蝴蝶来⑪，双飞西园草。感此伤妾心，坐愁红颜老。早晚下三巴⑫，预将书报家。相迎不道远，直至长风沙⑬。

【注释】

①长干行：乐府《杂曲歌辞》调名，原为长江下游一带民歌，内容多写船家妇女的生活。

②初覆额：刚刚掩盖额角。剧：游戏。

③竹马：古时玩具，竹竿一端有马头模型，有时另一端装轮子，儿童跨着竹竿当作马骑。床：水井的围栏。弄：玩耍。青梅：青的梅子。

④长干里：古地名，在今江苏南京秦淮河以南至雨花台以北一带，当年船民多聚居于此。无嫌猜：没有猜疑。

⑤向暗壁：对着壁角暗处坐着。回：转身答应。

⑥展眉：展开眉头，指敢于表现情感，不再害羞。同：一起成为。

⑦抱柱信：据《庄子·盗跖篇》记载，尾生与一女子相约于桥下，女子未到而突然涨水，尾生守信不肯离去，抱着柱子被水淹死。望夫台：即望夫山，多地均有。传说一女子因思念远赴国难离家已久的丈夫，天天上山去望，终于变成了一块石头，但仍保持着原来的形象。后人因名其石为望夫石，山为望夫山。

⑧瞿塘：即瞿塘峡，又称广溪峡，三峡之一，在今重庆奉节境内。滟（yàn）滪（yù）堆：瞿塘峡峡口的一块大礁石。

⑨五月不可触：农历五月涨水，滟滪堆没礁，船只易触礁翻沉。哀：一作『鸣』。

⑩迟：等待，一作『旧』。绿：一作『苍』。

⑪来：一作『黄』。

⑫早晚：什么时候。三巴：指巴郡、巴东、巴西，在今四川东部。这里泛指蜀中。

⑬不道远：不说远，不辞远。长风沙：地名，又名长风夹，在今安徽安庆迎江区的长江边，距南京数百里。

玉阶怨①

玉阶生白露，夜久侵罗袜。却下水精帘，玲珑望秋月②。

【注释】

①玉阶怨：乐府古题，专写宫怨。玉阶：以玉为饰的台阶，借指朝廷。

②却下：放下。水精帘：即水晶帘，用水晶石穿制成的透明帘子。玲珑：澄澈空明。一作『聆胧』。

静夜思

床前明月光①，疑是地上霜。举头望明月②，低头思故乡。

【注释】

①明：一作『看』。

②举：一作『抬』。明：一作『山』。

春思

燕草碧如丝，秦桑低绿枝①。当君怀归日，是妾断肠时。春风不相识，何事入罗帏②？

【注释】

①燕：燕地，泛指北部边境地区。碧如丝：一作『如碧丝』。秦：秦地。

②罗帏：丝织的帘帐。

扶风豪士歌①

洛阳三月飞胡沙②，洛阳城中人怨嗟。天津流水波赤血，白骨相撑如乱麻③。我亦东奔向吴国，浮云四塞道路赊④。东方日出啼早鸦，城门人开扫落花。梧桐杨柳拂金井⑤，来醉扶风豪士家。扶风豪士天下奇，意气相倾山可移。作人不倚将军势，饮酒岂顾尚书期⑥？雕盘绮食会众客，吴歌赵舞香风吹。原尝春陵六国时，开心写意君所知⑦。堂前各有三千士，明日报恩知是谁？抚长剑，一扬眉，清水白石何离离⑧！脱吾帽，向君笑；饮君酒，为君吟：张良未逐赤松去，桥边黄石知我心⑨。

【注释】

①扶风：古郡名，多豪迈之士，治所在今陕西境内。

②胡沙：胡地的尘沙，此处指安禄山反叛，占领洛阳。

③天津：即天津桥，隋炀帝时所建，唐初重修，在今河南洛阳市区洛阳桥附近。天津流水：指天津桥下的洛水。波赤血：洛水被鲜血染红。

④东奔向吴国：一作『来奔溧溪上』。赊：远。

⑤金井：井口用金属装饰的井。

⑥作人：为人。倚将军势：用典，秦汉时期诗人辛延年所作《羽林郎》中有言：『昔有霍家奴，姓冯名子都。依倚将军势，调笑酒家胡。』顾尚书期：用陈遵留客的典故。据《汉书·游侠列传·陈遵》记载，汉朝陈遵嗜酒好客，每次宴会，为了不让客人早离开，等人到齐后，就将大门关上，把客人所乘车上的辖（车轴上的销子）拔出，投入井中。一次，有位刺史上朝奏事，经过他家，也被这样留住。刺史大窘，等陈

遵醉后，入内室拜见陈遵的母亲，说明自己和尚书约定时间会见，急需前往。陈母放他从后门离开。尚书：官名，古时中央政府各部门主官。

⑦原尝春陵：指战国时的四公子，即赵国平原君、齐国孟尝君、楚国春申君、魏国信陵君，门下各有客三千。六国时：战国时代。开心写意：精神舒畅，倾吐心意，指真诚相待。

⑧离离：清晰，分明。

⑨张良未逐赤松去：据《史记·留侯世家》记载，张良怀抱着向强秦复仇的志向，在沂水桥上遇见黄石公，黄石公授予他《太公兵法》。后来，他辅佐汉高祖刘邦，立下了不朽之功。天下大定后，他不贪恋富贵，自请引退，跟着赤松子去学仙。李白以张良自比，暗示自己的才智和抱负。张良：字子房，西汉开国功臣。赤松、黄石：赤松子和黄石公的简称，均为仙人名。

峨眉山月歌

峨眉山月半轮秋，影入平羌江水流①。夜发清溪向三峡，思君不见下渝州②。

【注释】

①半轮秋：秋夜的上弦月形似半个车轮，一说月被高山遮掩，只能看到半轮。影：月影。平羌：即青衣江，大渡河支流。峨眉山南临青衣江。

②发：出发。清溪：即清溪驿，临近峨眉山，在今四川乐山犍为县。三峡：一说小三峡，指犁头峡、背峨峡、平羌峡。一说长江三峡，即瞿塘峡、巫峡、西陵峡。君：一说峨眉山月，一说作者的友人。渝州：治所在今重庆。

赠何七判官昌浩①

有时忽惆怅，匡坐至夜分②。平明空啸咤，思欲解世纷③。心随长风去，吹散万里云。羞作济南生，九十诵古文④。不然拂剑起，沙漠收奇勋。老死阡陌间，何因扬清芬⑤？夫子今管乐⑥，英才冠三军。终与同出处，岂将沮溺群⑦？

【注释】

①何七：姓何，排行第七。判官：唐时地方长官的属官，辅理政事。昌浩：名字，即何昌浩。

②匡坐：正坐。夜分：夜半。

③平明：天亮的时候。啸咤：大声呼叱。世纷：世间的纷乱。

④济南生：即伏生，典故。《史记·儒林列传》中记载：『伏生者，济南人也。故为秦博士。孝文帝时，欲求能治《尚书》者，天下无有。乃闻伏生能治，欲召之。是时，伏生年九十余，老，不能行。于是乃诏太常，使掌故晁错往受之。秦时焚（书），伏生壁藏之。其后兵大起，流亡。汉定，伏生求其书，亡数十篇，独得二十九篇，即以教于齐、鲁之间。』古文：指用先秦文字写成的经籍。汉代经学有今文（用汉时流行的隶书记录的经籍）和古文之分。

⑤阡陌：田野。清芬：高洁的德行、名声。

⑥夫子：指何昌浩。管乐：指春秋时齐国名相管仲、战国时燕国名将乐毅。管仲辅齐桓公称霸诸侯，乐毅助燕昭王破齐。

⑦将：与。沮、溺：指春秋时的隐士长沮和桀溺。《论语·微子》中有言：『长沮、桀溺耦而耕。』群：动词，为群。

闻王昌龄左迁龙标遥有此寄①

杨花落尽子规啼，闻道龙标过五溪②。我寄愁心与明月，随君直到夜郎西③。

【注释】

①王昌龄（698—757）：唐代诗人，唐玄宗天宝年间被贬为龙标县尉。左迁：贬官，降职。古人尊右卑左，因此把降职称为左迁。龙

标：治所在今湖南怀化黔阳。

②杨花落尽：一作『扬州花落』。杨花：柳絮。子规：即杜鹃鸟，又称布谷鸟。闻道：听说。龙标：即王昌龄。五溪：无定论，一说雄溪、蒲溪、西溪、沅溪、辰溪的总称，在今湖南西部和贵州东部。

③随君：一说『随风』。夜郎：即夜郎县，唐时曾在湖南设置夜郎县。

庐山谣寄卢侍御虚舟①

我本楚狂人，凤歌笑孔丘②。手持绿玉杖③，朝别黄鹤楼。五岳寻仙不辞远④，一生好入名山游。庐山秀出南斗旁，屏风九叠云锦张，影落明湖青黛光⑤。金阙前开二峰长，银河倒挂三石梁⑥。香炉瀑布遥相望，回崖沓嶂凌苍苍⑦。翠影红霞映朝日，鸟飞不到吴天长⑧。登高壮观天地间，大江茫茫去不还。黄云万里动风色，白波九道流雪山⑨。好为庐山谣，兴因庐山发。闲窥石镜清我心，谢公行处苍苔没⑩。早服还丹无世情，琴心三叠道初成⑪。遥见仙人彩云里，手把芙蓉朝玉京⑫。先期汗漫九垓上，愿接卢敖游太清⑬。

【注释】

①谣：没有音乐，只是清唱的歌。卢侍御虚舟：即卢虚舟，字幼真，范阳（今河北涿州）人，唐肃宗时曾任殿中侍御史（御史的辅官）。

②楚狂人：即春秋时楚国人陆通，字接舆，因不满楚昭王政令无常，佯狂不仕，时人谓之『楚狂』。凤歌笑孔丘：孔子到楚国，陆通登门劝孔子不要做官，说：『凤兮凤兮，何德之衰也！』

③绿玉杖：饰有绿玉的杖，传为仙人所用。

④五岳：通常指东岳泰山、西岳华山、南岳衡山、北岳恒山、中岳嵩山。

⑤南斗：星宿名，二十八宿中的斗宿，共有六星。屏风九叠：又名屏风叠、九叠屏，在庐山五老峰东。张：铺开，铺陈。明湖：指鄱阳湖。

⑥金阙：即庐山金阙崖，又名石门。庐山西南有铁船峰和天池山，两山对峙，高耸如双阙，状如石门。二峰：指香炉峰和双剑峰。长：

一作『帐』。银河：指瀑布。三石梁：说法不一，常见说法指五老峰西。挂：一作『泻』。

⑦香炉：即香炉峰。回崖：曲折的山崖。沓嶂：重叠的山峰。凌：高出，一作『何』。苍苍：青色的天空。

⑧映朝日：一作『照千里』。吴天：春秋时，庐山一带属吴国。长：辽阔。

⑨黄云：昏暗的云色。白波九道：九道河流，泛指江面宽阔。雪山：像雪山一样，形容浪花汹涌，堆叠如山。

⑩石镜：在庐山东面。庐山有石镜峰，东面有一圆石悬岩，平滑如镜。谢公：即谢灵运（385—433），原名公义，字灵运，南北朝时期诗人、文学家、旅行家。谢灵运曾登庐山，有『攀崖照石镜』诗句（《入彭蠡湖口》）。谢公行处苍苔没：一作『绿萝开处悬明月』。

⑪还丹：道家炼丹，将丹烧成水银，又烧水银成丹，称为『还丹』。琴心三叠：道家术语，指修道成功，心身如琴音般和谐。

⑫朝：朝谒。玉京：即玉京山，道家传说此山为元始天尊居处。

⑬先期：预先约好。汗漫：无边无际，此处比喻神仙。据《淮南子·道应训》记载，战国时燕国人卢敖游北海，见一怪仙。卢敖曰：『子殆可与敖为友乎？』怪仙笑曰：『吾与汗漫期于九垓之外。吾不可以久驻。』言罢举臂而竦身，遂入云中。九垓（gāi）：九天之外，天地的终极处。接：引。太清：最高的天界。道家有玉清、上清、太清『三清』胜境之说。

梦游天姥吟留别①

海客谈瀛洲，烟涛微茫信难求；越人语天姥，云霓明灭或可睹②。天姥连天向天横，势拔五岳掩赤城③。天台四万八千丈，对此欲倒东南倾④。我欲因之梦吴越，一夜飞渡镜湖月⑤。湖月照我影，送我至剡溪⑥。谢公宿处今尚在⑦，渌水荡漾清猿啼。脚着谢公屐，身登青云梯⑧。半壁见海日，空中闻天鸡⑨。千岩万转路不定，迷花倚石忽已暝。熊咆龙吟殷岩泉，栗深林兮惊层巅⑩。云青青兮欲雨，水澹澹兮生烟⑪。列缺霹雳⑫，丘峦崩摧。洞天石扉，訇然中开⑬。青冥浩荡不见底，日月照耀金银台⑭。霓为衣兮风为马，云之君兮纷纷而来下⑮。虎鼓瑟兮鸾回车，仙之人兮列如麻⑯。忽魂悸以魄动，恍惊起而长嗟⑰。惟觉时之枕席，失向来之烟霞⑱。世间行乐亦如此，古来万事东流水⑲。别君去兮何时还？且放白鹿青崖间⑳，须行即骑访名山。安能摧眉折腰事权贵㉑，使我不得开心颜！

【注释】

① 天姥：即天姥山，一说位于浙江绍兴新昌境内，一说位于浙江台州仙居境内。

② 海客：来自海上的客人。瀛(yíng)洲：神话中东海的三座仙山之一。烟涛：烟波浩渺。微茫：依稀，模糊不清。越：越地，指江浙一带。明灭：忽明忽暗。

③ 横：直插。拔：超出。赤城：即赤城山，在今浙江天台北。

④ 天台：即天台山，在今浙江天台北。对此：对着天姥山。

⑤ 之：指前文越人的话。吴越：即越。镜湖：又名鉴湖，在今浙江绍兴西南。

⑥ 剡(shàn)溪：水名，在今浙江嵊(shèng)州境内。

⑦ 谢公：即谢灵运。渌(lù)：清澈。清：凄清。

⑧ 谢公屐(jī)：据《南史·谢灵运传》记载：谢灵运登山，备有一种自己特制的木鞋，鞋底装有活动的齿，上山时去掉前齿，下山时去掉后齿。青云梯：指直入云霄的山路。

⑨ 半壁：半山腰。天鸡：据《述异记》记载：『东南有桃都山，上有大树，名曰桃都，枝相去三千里，上有天鸡。日初出，照此木，天鸡则鸣，天下之鸡皆随之鸣。』

⑩ 岩泉：岩中的泉水。殷：震响。栗：使……战栗。层巅：一层比一层高的山峰。

⑪ 澹澹：水波荡漾。

⑫ 列缺：闪电。霹雳：雷声。

⑬ 洞天：道家称仙人居住处。扉：门扇。一作『扇』。訇(hōng)然：巨大的声响。

⑭ 青冥：天空。金银台：金银铸成的宫阙，指神仙居处。

⑮ 风：一作『凤』。云之君：云神，泛指神仙。

⑯ 鸾：鸾鸟，传说中如凤凰一类的神鸟。回车：驾车。列如麻：形容众多。

⑰ 悸：心惊。恍：恍然，猛然。

⑱ 向来：原来，刚才，指梦里。烟霞：指仙境。

⑲ 东流水：像东流的水一样一去不复返。

⑳ 白鹿：祥瑞之物，传说神仙或隐士多骑白鹿。青崖：青山。

㉑ 摧眉：低着眉头，低头。折腰：弯腰。

渡荆门送别①

渡远荆门外，来从楚国游②。山随平野尽，江入大荒流③。月下飞天镜，云生结海楼④。仍怜故乡水⑤，万里送行舟。

【注释】

① 荆门：即荆门山，在今湖北宜都西北，长江南岸。

② 楚国：今湖北一带。

③ 平野：平坦的原野。大荒：广阔无际的原野。

④ 月下飞天镜：明月映入江水，如同飞下的天镜。海楼：海市蜃楼。

⑤ 怜：爱，一作『连』。故乡水：指长江。长江自蜀地东流而下，李白系蜀人，故云。

送友人

青山横北郭，白水绕东城①。此地一为别，孤蓬万里征②。浮云游子意，落日故人情③。挥手自兹去，萧萧班马鸣④。

【注释】

①郭：外城。白水：清澈的水。

②一：语气助词。孤蓬：指友人。蓬：多年生草本植物。

③浮云：飘动的云，比喻游子漂游四方。故人：指李白。

④自兹：自此，从此。班马：离群之马。班：一作「班」。

送友人入蜀

见说蚕丛路①，崎岖不易行。山从人面起，云傍马头生。芳树笼秦栈，春流绕蜀城②。升沈应已定，不必问君平③。

【注释】

①见说：听说。蚕丛：又称蚕丛氏，神话传说中的蚕神，是蜀国首位称王的人，此处指蜀地。

②芳树：开花的树木。秦栈：由秦入蜀的栈道。春流：春天的江水，一说流经成都的河流。蜀城：指成都，一说泛指蜀地城市。

③升沈：指仕途升迁和降谪。沈：通「沉」。君平：即严光（前39—41），又名遵，字子陵，余姚（今浙江余姚）人，东汉著名隐士。他曾在成都街头占卜。

答王十二寒夜独酌有怀①

昨夜吴中雪，子猷佳兴发②。万里浮云卷碧山，青天中道流孤月③。孤月沧浪河汉清，北斗错落长庚明④。怀余对酒夜霜白，玉床金井冰峥嵘⑤。人生飘忽百年内，且须酣畅万古情。君不能狸膏金距学斗鸡，坐令鼻息吹虹霓；君不能学哥舒横行青海夜带刀，西屠石堡取紫袍⑥。吟诗作赋北窗里，万言不值一杯水。世人闻之皆掉头，有如东风射马耳⑦。鱼目亦笑我，谓与明月同⑧。骅骝拳跼不能食，蹇驴得志鸣春风⑨。《折杨》《皇华》合流俗，晋君听琴枉清角⑩。巴人谁肯和《阳春》，楚地由来贱奇璞⑪。黄金散尽交不成，白首为儒身被轻。一谈一笑失颜色，苍蝇贝锦喧谤声⑫。曾参岂是杀人者，谗言三及慈母惊⑬。与君论心握君手，荣辱于余亦何有。孔圣犹闻伤凤麟，董龙更是何鸡狗⑭！一生傲岸苦不谐，恩疏媒劳志多乖⑮。严陵高揖汉天子，何必长剑拄颐事玉阶⑯？达亦不足贵，穷亦不足悲。韩信羞将绛灌比，祢衡肯逐屠沽儿⑰？君不见李北海⑱，英风豪气今何在？君不见裴尚书⑲，土坟三尺蒿棘居。少年早欲五湖去，见此弥将钟鼎疏⑳。

【注释】

①王十二：姓王，排行第十二，李白友人。怀：感想。

②子猷：即王徽之（338—386），字子猷，东晋名士、书法家，王羲之第五子。

③中道：中间。流：运转，运行。

④沧浪：沧凉，寒冷。沧：一作「苍」。河汉：银河。错落：间杂。长庚：即太白星。

⑤玉床：井上以玉为饰的栏杆。

⑥狸膏：用狐狸肉炼成的油脂。斗鸡时涂在鸡头上，对方的鸡闻到气味后不斗而退。金距：套在鸡爪上的金属制品，使鸡爪更锋利。鼻息吹虹霓：鼻孔出气吹到天上的霓虹，比喻趾高气扬。哥舒：即哥舒翰，唐朝名将，突厥族哥舒部人。西屠石堡：天宝八载（749），哥舒翰发动石堡城之战，以死伤数万人的代价占领了石堡城。紫袍：唐朝三品以上高官所穿的官服，比喻立大功。

⑦闻之：一作「闻此」。东风射马耳：马耸着耳朵，风吹不进，比喻听不入耳。射：吹。

⑧谓：一作「请」。明月：宝珠名。

⑨骅（huá）骝（liú）：骏马，比喻贤才。拳跼：局促曲屈，不能伸展。蹇（jiǎn）驴：跛足之驴，此喻奸佞小人。

⑩《折杨》《皇华》：古代俗曲名。《庄子·天地》中有言：「大声不入于里耳，《折杨》《皇华》则嗑然而笑。」晋君：指晋平公，春秋时期晋

国国君，公元前557年至公元前532年在位。清角：古代雅曲名。据《韩非子·十过》记载：春秋时晋平公强迫师旷演奏《清角》，师旷不得已而奏之，结果晋国大旱三年，晋平公生病。

⑪巴人：尚无定论，联系下文『楚地』，此处应指楚人。《阳春》：即《阳春白雪》，古代高雅的乐曲。奇璞：珍奇的美玉。

⑫苍蝇：比喻进谗言的人。贝锦：有花纹的贝壳，比喻谗言巧妙。喧谤：大声诽谤。

⑬曾参：春秋时鲁国人，孔子的学生。《战国策·秦策二》记载：『曾子处费，费人有与曾子同名姓者而杀人。人告曾子母曰：「曾参杀人。」曾子之母曰：「吾子不杀人。」织自若。有顷焉，一人又曰：「曾参杀人。」其母尚织自若也。顷之，一人又告之曰：「曾参杀人。」其母惧，投杼，逾墙而走。』三及：三次。

⑭孔圣：即孔子。凤麟：凤凰、麒麟。伤凤麟：比喻生不逢时。董龙：即董荣，前秦苻生的佞臣。《资治通鉴·晋纪》：『秦司空王堕性刚峻。右仆射董荣，侍中强国皆以佞幸进，堕疾之如仇。每朝见，荣未尝与之言。或谓堕曰：「董君贵幸无比，公宜小降意接之。」堕曰：「董龙是何鸡狗？而令国士与之言乎！」』

⑮不谐：不随波逐流。恩疏：指君恩疏远。媒劳：指引荐的人徒费苦心。乖：事与愿违，坎坷不顺。

⑯严陵：即严光。他曾与光武帝刘秀同学。刘秀做皇帝后，多次请他出仕，但他隐居，终不受命。拄：支。颐：面颊。事玉阶：侍奉皇帝。

⑰韩信（前231—前196）：西汉的开国元勋，初为齐王，后封楚王。据《史记·淮阴侯列传》记载，韩信被贬为淮阴侯，和绛侯周勃、颍阴侯灌婴同列，时时感到不快，羞与二人为伍。绛：即绛侯周勃，西汉开国将领，官至宰相。灌：即颍阴侯灌婴，西汉开国功臣，官至太尉、丞相。祢衡（173-198）：字正平，恃才傲物。《后汉书·祢衡传》记载：『是时许都新建，贤士大夫四方来集。或问衡曰：「盍从陈长文、司马伯达乎？」对曰：「吾焉能从屠沽儿耶！」』屠沽儿：杀猪卖酒的人，泛指封建士大夫鄙视的市井贱民。

⑱李北海：即李邕(678—747)，字泰和，官北海太守，人称李北海。其性情豪放，能文章，工书法，当时极负盛名，后遭李林甫陷害而死。

⑲裴尚书：即刑部尚书裴敦复。他立有战功，与李邕同时被李林甫陷害而死。

⑳五湖去：用典，比喻游荡江湖，不受官爵约束。春秋时越国大夫范蠡功成身退，隐居五湖。（见《史记·货殖列传》）说明自己自少年时代就有隐居之志。五湖：太湖。弥：更加。钟鼎：古时富贵人家鸣钟列鼎而食，此处比喻富贵功名。疏：疏远，远离。

望天门山①

天门中断楚江开，碧水东流至此回②。两岸青山相对出③，孤帆一片日边来。

【注释】

①天门山：系东梁山、西梁山的并称，在今安徽芜湖境内。二山夹江对峙，形似天门。

②楚江开：楚江从这里流出。楚江：天门以西的长江。至此：一作『直北』，一作『至北』。

③青山：指东梁山、西梁山。

望庐山瀑布水（其二）

日照香炉生紫烟①，遥看瀑布挂前川。飞流直下三千尺，疑是银河落九天②。

【注释】

①香炉：即庐山香炉峰。

②九天：即九重天，天的最高层。古人认为天有九重。一作『半天』。

早发白帝城①

朝辞白帝彩云间，千里江陵一日还②。两岸猿声啼不住，轻舟已过万重山③。

【注释】

①发：启程，出发。白帝城：为东汉公孙述所筑，故址在今重庆奉节白帝山上。

②彩云：变幻多彩的云霞。江陵：即今湖北荆州。

③住：停息，一作尽。轻舟已过：一作『须臾过却』。万重山：层层叠叠的山。

夜泊牛渚怀古①

牛渚西江夜②，青天无片云。登舟望秋月，空忆谢将军③。余亦能高咏，斯人不可闻。明朝挂帆去，枫叶落纷纷④。

【注释】

①牛渚：即牛渚矶，又名采石矶，在今安徽马鞍山采石镇。

②西江：指古时南京以西到江西境内的长江。

③谢将军：即谢尚（308—357），字仁祖，阳夏（今河南太康）人，东晋名将，曾镇守牛渚。

④挂帆去：一作『挂帆席』，一作『洞庭去』。落：一作『正』。

访戴天山道士不遇①

犬吠水声中，桃花带雨浓②。树深时见鹿，溪午不闻钟。野竹分青霭③，飞泉挂碧峰。无人知所去，愁倚两三松。

【注释】

①戴天山：又名大匡山，在四川江油大康镇西北，李白曾经在此山中的大明寺读书。不遇：没有遇到。

②雨：一作『露』。浓：艳丽。

③青霭：青色的云气。

独坐敬亭山①

众鸟高飞尽，孤云独去闲②。相看两不厌③，只有敬亭山。

【注释】

①敬亭山：原名昭亭山，在今安徽宣城北。

②独去：独自去。闲：形容云彩飘来飘去，悠闲自在。

③厌：满足。

高适

【作者简介】

高适（704—765），字达夫，一字仲武，史称蓨（tiáo）县（今河北景县南）人。唐代诗人，与岑参并称『高岑』，与岑参、王昌龄、王之涣合称『边塞四诗人』。早岁家贫，客游梁、宋间，落拓失意。唐朝玄宗天宝八载（749），高适四十六岁时以张九皋荐，应有道科，中第，授封丘尉。参河西节度使哥舒翰幕府，官左骁卫兵曹参军，掌书记。安史之乱起，拜侍御史，迁谏议大夫，出为淮南节度使。历彭州、蜀州刺史与西川节度使，官终散骑常侍，世称高常侍。

别韦参军①

二十解书剑②，西游长安城。举头望君门，屈指取公卿③。国风冲融迈三五，朝廷礼乐弥寰宇④。白璧皆言赐近臣，布衣不得干明主⑤。归来洛阳无负郭，东过梁宋非吾土⑥。兔苑为农岁不登，雁池垂钓心良苦⑦。世人向我同众人，惟君于我最相亲⑧。且喜百年见交态，未尝一日辞家贫⑨。弹棋击筑白日晚⑩，纵酒高歌杨柳春。欢娱未尽分散去，使我惆怅惊心神。丈夫不作儿女别，临歧涕泪沾衣巾⑪。

【注释】

①韦参军：韦姓，官参军（负责参谋军务，为刺史属官），是宋州刺史张九皋下属官员，诗人好友。

②解书剑：会读书、击剑，即能文能武。解：一作『辞』。

③君门：官门，指京城。屈指：计算时日，比喻时间短或数量少。取：取得，获得。公卿：泛指高官。

④冲融：和洽。迈：超过。三五：三皇五帝。礼：一作『欢』。寰宇：天下，指全国。

⑤近臣：亲近之臣。布衣：平民。干：干谒，指献策以求任用。

⑥负郭：即负郭田，指近郊的田、良田。梁宋：梁郡、宋州，治所皆为今河南商丘。

⑦兔苑：即兔园，又称梁园，在今河南商丘东。岁不登：收成不好。雁池：兔园中的池沼。良苦：非常痛苦。

⑧向：看待，一作『遇』。众人：一般的人。最：一作『情』。

⑨百年：一生。见：一作『有』。交态：世态人情。尝：一作『当』。

⑩弹棋：古代一种棋类游戏，西汉末年开始流行，唐时另有新的弹法，今失传。筑：古代乐器，状似瑟，但头大，十三弦，用竹尺击弦。白日晚：从白天到晚上，一整天。

⑪丈夫：一作『终当』。临歧：到路口，指临别。

封丘县①

我本渔樵孟诸野，一生自是悠悠者②。乍可狂歌草泽中③，宁堪作吏风尘下！只言小邑无所为，公门百事皆有期④。拜迎官长心欲碎，鞭挞黎庶令人悲⑤。归来向家问妻子⑥，举家尽笑今如此。生事应须南亩田，世情付与东流水⑦。梦想旧山安在哉？为衔君命且迟回⑧。乃知梅福徒为尔，转忆陶潜归去来⑨。

【注释】

①题目一作《封丘作》。封丘县：即今河南新乡封丘。

②渔樵：打鱼，砍柴。孟诸：即孟诸泽，在今河南商丘东北。悠悠者：无拘束的人。

③乍可：只可。草泽：草野，民间。宁堪：哪堪。风尘：纷乱的尘世。

④小邑：小城。公门：官署，衙门。期：期限。

⑤碎：一作『破』。黎庶：平民。

⑥归：一作『悲』。妻子：妻子与儿女。

⑦生事：生计。南亩田：指田地。南坡向阳，有利于农作物生长，古人田地多向南开辟，故称南亩田。世情：世事人情。

⑧衔：奉。且：一作『日』。迟回：徘徊，犹豫不决。

⑨梅福：字子真，寿春（今安徽淮南寿县）人，曾为南昌尉。西汉末年外戚王氏专政，他屡次上书朝廷，都未被采纳，乃挂冠而去，隐居学道。徒为尔：徒劳无补，白费心力。陶潜：即陶渊明（352或365—427），字元亮，柴桑（今江西九江）人，东晋诗人、辞赋家。最后一次出仕为彭泽县令，官八十多天便弃职而去，从此归隐田园，作《归去来辞》以寄意。归去来：即《归去来辞》。

燕歌行①

汉家烟尘在东北②，汉将辞家破残贼。男儿本自重横行，天子非常赐颜色③。摐金伐鼓下榆关，旌旆逶迤碣石间④。校尉羽书飞瀚海，单于猎火照狼山⑤。山川萧条极边土，胡骑凭陵杂风雨⑥。战士军前半死生，美人帐下犹歌舞⑦。大漠穷秋塞草腓⑧，孤城落日斗兵稀。身当恩遇常轻敌⑨，力尽关山未解围。铁衣远戍辛勤久，玉筋应啼别离后⑩。少妇城南欲断肠，征人蓟北空回首⑪。边庭飘飖那可度，绝域苍茫无所有⑫！杀气三时作阵云，寒声一夜传刁斗⑬。相看白刃血纷纷，死节从来岂顾勋⑭？君不见沙场征战苦，至今犹忆李将军⑮。

【注释】

① 燕歌行：乐府《相和歌辞·平调曲》旧题，内容多为思妇怀念征夫。

② 烟尘：烽烟和尘土，指战争。

③ 横行：所向披靡。非常赐颜色：特别给予丰厚的赏赐。

④ 摐（chuāng）金伐鼓：鸣金击鼓。榆关：即山海关。旌旆（pèi）：旌旗。逶迤：连绵不断。碣石：即碣石山，在今河北秦皇岛昌黎北，泛指东北沿海一带。

⑤ 校尉：武官名，指统兵的将帅。羽书：插有鸟羽的紧急军事文书。瀚海：大沙漠。单于：匈奴君主，泛指外族首领。猎火：狩猎时焚山驱兽之火。古时游牧民族作战前，往往举行大规模的打猎活动。狼山：即狼牙山，又名郎山，在今河北保定易县境内、太行东麓。

⑥ 极：到。胡骑：泛指少数民族骑兵。凭陵：逼迫，侵凌。

⑦ 半死生：出生入死。帐下：指军队主帅的营帐中。

⑧ 穷秋：深秋。腓：病，枯萎，一作『衰』。

⑨ 身当恩遇：受到朝廷的重视。当：受。

⑩ 铁衣：铁甲，指将士。玉筋：指思妇的泪水。筋：同『箸』。

⑪ 城南：指长安城南，当时此地为住宅区。蓟北：从蓟州往北一带地区，泛指东北边地。蓟：故城在今北京境内。

⑫ 庭：一作『风』。飘飖（yáo）：一作『飘飘』。那：通『哪』。绝域：极其遥远之地，指边地。无所有：一作『更何有』。

⑬ 三时：指历久不散。三：泛指，非确数。一说三时指春夏秋。阵云：战云。刁斗：古时军中巡更用以敲击报时的铜器。

⑭ 血：一作『雪』。死节：为国家不顾牺牲。顾：顾及。

⑮ 李将军：指李广，西汉名将，善用兵，匈奴畏服，称其为『飞将军』。

全唐诗精选

营州歌①

营州少年厌原野，狐裘蒙茸猎城下②。虏酒千钟不醉人③，胡儿十岁能骑马。

【注释】

① 营州：唐代东北边塞，治所在今辽宁朝阳。

② 厌：满足。狐：一作『皮』。蒙茸：纷乱的样子。城下：城外，郊野。

③ 虏酒：指营州出产的酒。钟：酒杯。

送李侍御赴安西①

行子对飞蓬，金鞭指铁骢②。功名万里外，心事一杯中。虏障燕支北，秦城太白东③。离魂莫惆怅，看取宝刀雄。

【注释】

① 李侍御：李姓，官侍御，诗人友人。安西：即安西都护府，治所在今新疆库车。

②行子：离开的人，指李侍御。飞蓬：枯后遇风飞旋的蓬草，比喻游子、漂泊无定。铁骢(cōng)：披着铁甲的战马。骢：毛色青白相间的马。

③虏障：即遮虏障，汉代边塞的防御工事，在今内蒙古额济纳旗东南。燕支：即燕支山，又名大黄山，在今甘肃张掖山丹县东南。秦城：长安的别称。太白：即太白山，跨今陕西太白县、眉县、周至县。

人日寄杜二拾遗①

人日题诗寄草堂，遥怜故人思故乡②。柳条弄色不忍见，梅花满枝空断肠③。身在南蕃无所预④，心怀百忧复千虑。

今年人日空相忆，明年人日知何处⑤！一卧东山三十春，岂知书剑老风尘⑥。龙钟还忝二千石，愧尔东西南北人⑦。

【注释】

①人日：农历正月初七，旧俗。杜二拾遗：即杜甫，排行第二，官左拾遗(谏官)。

②草堂：即杜甫草堂，位于今四川成都市区。怜：怀念。遥怜，意贯下两句，写杜甫客中的春感。

③弄色：显现美色。空：一作「堪」。断肠：形容极度思念或悲痛。

④南蕃：指蜀州，在长安之南。南：一作「远」。预：参与，指参与朝政。

⑤明年人日：一作「明年此日」。

⑥东山：在今浙江上虞西南。东晋谢安(320—385)曾有一度不问政事，隐居东山不仕。书剑老风尘：带着书剑在尘世终老，即一事无成。书剑系古代士人随身携带之物。

⑦龙钟：年老体衰，潦倒不得志。忝：有愧于。二千石(dàn)：指州刺史。汉朝刺史的俸禄为二千石。东西南北人：漂荡四方的人。《礼记·檀弓》中记孔子言：「今丘也，东南西北之人也。」

岑参

【作者简介】

岑参(715—770)，出生于江陵(今湖北江陵)。唐代诗人。出身官僚贵族家庭，因伯祖被诛而家破，岑氏数十人遭流徙。唐玄宗天宝三载(744)进士，授右率府兵曹参军。曾两度从军，任安西节度使府掌书记及安西、北庭节度判官。入朝为左补阙，历太子中允、殿中侍御史。天宝末年出为关西节度判官。唐代宗时官嘉州刺史，后世称为岑嘉州。老年依杜鸿渐，客死于成都。

逢入京使①

故园东望路漫漫，双袖龙钟泪不干②。马上相逢无纸笔，凭君传语报平安③。

【注释】

①入京使：进京城的使者。

②故园：指长安。龙钟：泪流，此处指眼泪沾湿。

③凭：请。传语：传话，捎口信。

与高适薛据同登慈恩寺浮图①

塔势如涌出②，孤高耸天宫。登临出世界，磴道盘虚空③。突兀压神州，峥嵘如鬼工④。四角碍白日，七层摩苍穹⑤。下窥指高鸟，俯听闻惊风⑥。连山若波涛，奔凑似朝东。青松夹驰道，宫观何玲珑⑦！秋色从西来，苍然满关中⑧。五陵北原上，万古青蒙蒙⑨。净理了可悟，胜因夙所宗⑩。誓将挂冠去，觉道资无穷⑪。

【注释】

①薛据：盛唐著名诗人，排行第三，世称「薛三」。慈恩寺：即大慈恩寺，位于今陕西西安雁塔区。浮图：佛塔，此处指大雁塔。

②涌出：拔地而起，突起。

③出世界：高出人世的境界。磴(dèng)道：石级。盘：盘，盘旋而上。以上二句描述了登高的情景。虚空：空中。

④突兀：高耸。峥嵘：此处指建筑物高大耸立。鬼工：事物精妙高超，非人工所能为。

⑤四角：塔的四周。碍：阻挡。摩：接触。苍穹：苍天。

⑥高鸟：高飞的鸟。惊风：疾风。

⑦驰道：可供车马奔驰的大道。观：台榭，一作「馆」。

⑧苍然：苍茫，饱经沧桑。关中：今陕西中部地区。

⑨五陵：指汉高祖葬长陵、汉惠帝葬安陵、汉景帝葬阳陵、汉武帝葬茂陵、汉昭帝葬平陵。北原：即五陵原，在今陕西咸阳北。青蒙蒙：常青。蒙蒙：茂盛的样子。

⑩净理：佛理，佛教清净之理。了：完全。胜因：佛教名词，善因，极好的因缘。夙：素来。宗：信从。

⑪挂冠：弃官。觉道：佛道。资：即恣，尽情，无拘束。

青门歌送东台张判官[1]

青门金锁平旦开，城头日出使车回[2]。青门柳枝正堪折，路傍一日几人别。东出青门路不穷，驿楼官树霸陵东[3]。花扑征衣看似绣，云随去马色疑骢[4]。胡姬酒垆日未午，丝绳玉缸酒如乳[5]。霸头落花没马蹄[6]，昨夜微雨花成泥。黄鹂翅湿飞转低，关东尺书醉懒题[7]。须臾望君不可见，扬鞭飞鞚疾如箭[8]。借问使乎何时来？莫作东飞伯劳西飞燕[9]！

【注释】

①青门：即霸城门，又名青绮门、青城门，汉长安城东南门。东台：官署名，即东都留台，唐时设在洛阳的御史台。张判官：张姓，官判官。判官：节度使等官员的僚属，辅理政事。

②金锁：铜锁。平旦：天亮。使车：出使长安的人所乘的车子。

③驿楼：驿站的楼。官树：官道（官府所建道路）两旁的树木。霸陵：汉文帝的陵墓，位于今陕西西安白鹿原，也作灞陵。

④征衣：远行之人所穿的衣服。绣：绣衣，暗指御史。绣衣是有权力的官员穿的官服。骢：青色、白色相间的马，暗指御史。御史常骑骢马。

⑤胡姬：胡人妇女。唐时长安，胡姬所设酒肆甚多。酒垆(lú)：酒肆，酒店。丝绳：指提酒坛的丝绳。玉缸：酒缸。

⑥霸头：即霸陵。

⑦尺书：书信。

⑧飞鞚(kòng)：飞马。鞚：带嚼子的马笼头，指马。

⑨东飞伯劳西飞燕：即劳燕分飞，出自《乐府·东飞伯劳歌》：「东飞伯劳西飞燕，黄姑织女时相见。」伯劳，鸟名。

白雪歌送武判官归京[1]

北风卷地白草折，胡天八月即飞雪[2]。忽如一夜春风来，千树万树梨花开。散入珠帘湿罗幕，狐裘不暖锦衾薄[3]。将军角弓不得控，都护铁衣冷难着[4]。瀚海阑干百丈冰[5]，愁云惨淡万里凝。中军置酒饮归客，胡琴琵琶与羌笛[6]。纷纷暮雪下辕门，风掣红旗冻不翻[7]。轮台东门送君去，去时雪满天山路[8]。山回路转不见君，雪上空留马行处。

【注释】

①武判官：武姓，官判官。

② 白草：西北地区所产的一种牧草，干枯时变成白色，故名。胡天：指塞外的天空。

③ 罗幕：用丝织品制成的帐幕。衾：被子。

④ 角弓：用兽角装饰的硬弓，一作『雕弓』。不得控：拉不开。都护：官名，镇守边疆的长官。难着：一作『犹着』。着：穿。

⑤ 瀚海：沙漠。阑干：纵横交错的样子。百丈：一作『百尺』，一作『千尺』。

⑥ 中军：本意为主帅亲自率领的部队，此处指主帅或主帅所居的营帐。饮归客：宴饮回京城的人，指武判官。

⑦ 辕门：军营的大门。掣：拉，扯。翻：飘动翻卷。

⑧ 轮台：即轮台城，一说系今新疆乌鲁木齐西南郊乌拉泊古城（汉时轮台为今新疆轮台县）。天山：即祁连山。

热海行送崔侍御还京①

侧闻阴山胡儿语，西头热海水如煮②。海上众鸟不敢飞，中有鲤鱼长且肥。岸旁青草常不歇，空中白雪旋明灭③。蒸沙烁石燃虏云，沸浪炎波煎汉月④。阴火潜烧天地炉，何事偏烘西一隅⑤？势吞月窟侵太白，气连赤坂通单于⑥。送君一醉天山郭，正见夕阳海边落⑦。柏台霜威寒逼人，热海炎气为之夺⑧。

【注释】

① 热海：即今吉尔吉斯斯坦境内的伊塞克湖，位于天山山脉北部。崔侍御：崔姓，官侍御（唐时殿中侍御史、监察御史）。

② 侧闻：从旁听到。阴山：泛指西北边地的群山。

③ 歇：枯萎。旋明灭：一作『遥旋灭』。

④ 蒸：蒸熟。烁：熔化。汉月：汉时月。

⑤ 阴火：地下的火。天地炉：即天地。隅(yú)：角落。

⑥ 势：形容热气之盛。月窟：月宫，月亮归宿处。太白：星宿名，即太白星。赤坂：山名，一说指火焰山，位于今新疆吐鲁番盆地的

北缘；一说在陕西洋东龙亭山。单于：指单于都护府所辖地区，约相当于今内蒙古。单于都护府在唐时为安置突厥降部、管理东突厥而置。

⑦ 郭：城郭。海：即热海。

⑧ 柏台：御史台的别称，汉御史台多柏树，后世故名。霜威：像肃杀秋霜一样威风，故御史台也称霜台。为之夺：一作『为君薄』。

火山云歌送别①

火山突兀赤亭口，火山五月火云厚②。火云满山凝未开，飞鸟千里不敢来。平明乍逐胡风断，薄暮浑随塞雨回③。缭绕斜吞铁关树，氛氲半掩交河戍④。迢迢征路火山东，山上孤云随马去。

【注释】

① 火山：指火焰山。云：指火山上空的云。

② 赤亭口：位于今新疆鄯善县七克台镇东南。火云：赤红色的云。

③ 乍：突然。逐：随着。胡风：西域边地的风。浑：语气词。塞：边塞。

④ 铁关：即铁门关，位于今新疆库尔勒北。氛氲：云气浓厚。交河：故城在今新疆吐鲁番西。戍：戍楼。

行军九日思长安故园①

强欲登高去②，无人送酒来。遥怜故园菊，应傍战场开③。

【注释】

① 九日：指九月初九重阳节。

② 强：勉强。

③ 怜：怜爱，思念。傍：靠近，接近。

陕州月城楼送辛判官入奏①

送客飞鸟外，城头楼最高②。樽前遇风雨，窗里动波涛③。谒帝向金殿，随身唯宝刀。相思霸陵月，只有梦偏劳④。

【注释】

① 陕州：治所在今河南陕州。月城：瓮城，围绕在城门外的半圆形小城。辛判官：姓辛，官判官。

② 飞鸟外：指鸟飞不到处，形容高。

③ 樽：古时盛酒的器具。窗里动波涛：指从城头楼上的窗户里，看城下的黄河波涛汹涌。

④ 偏：格外。劳：辛苦。

春梦

洞房昨夜春风起①，遥忆美人湘江水。枕上片时春梦中，行尽江南数千里②。

【注释】

① 洞房：深邃的卧室，一作『洞庭』。遥忆美人：一作『故人尚隔』。

② 片时：片刻。江南：湘江之南。

张巡

【作者简介】

张巡（708—757），南阳（今河南郑州）人，一说河东（今山西永济）人。唐玄宗开元末年进士。官太子通事舍人、清河县令、真源县令。精通兵法。安史之乱时，起兵与太守许远守睢阳城，为安禄山部将尹子奇所围困。二人死守拒战，牵制尹子奇兵力，使其不得向南。后城破被俘殉难。

闻笛

岧峣试一临，虏骑附城阴①。不识风尘色，安知天地心②？门开边月近，战苦阵云深③。旦夕更楼上，遥闻横笛音④。

【注释】

① 岧（tiáo）峣（yáo）：高峻的样子。此处指城楼高峻。临：登。虏骑：指安禄山叛军。附：贴近，靠近。城：指睢阳，即今河南商丘睢阳区。阴：城北。

② 识：一作『辨』。风尘色：指战争形势。天地心：指国运兴衰。

③ 门：一作『营』。边月：边关的月亮，比喻睢阳作战情景宛如边关。阵云：浓厚似战阵的云，指战斗。

④ 旦夕：早晚。更楼：即城楼。横笛音：一作『横笛吟』。

张谓

【作者简介】

张谓，生卒年不详，字正言，河内（今河南沁阳）人。唐朝诗人。少时读书嵩山。早年从军北征，往来边塞十余年。后因得罪主将，失所依归，浪迹幽燕一带。唐玄宗天宝二年（743）举进士及第，官尚书郎，天宝后期又曾在安西北庭封常清幕府为属官。唐代宗大历年间，历任潭州刺史、礼部侍郎，三典贡举，时人称其能『妙选彦才』。

代北州老翁答[①]

负薪老翁住北州，北望乡关生客愁[②]。自言老翁有三子，两人已向黄沙死[③]。如今小儿新长成[④]，明年闻道又征兵。定知此别必零落，不及相随同死生[⑤]。尽将田宅借邻伍，且复伶俜去乡土[⑥]。在生本求多子孙，及有谁知更辛苦[⑦]！近传天子尊武臣，强兵直欲静胡尘[⑧]。安边自合有长策，何必流离中国人[⑨]？

【注释】

① 北州：泛指北方地区。

② 负薪：背负柴草，指生活贫困。乡关：故乡。客愁：思乡的愁绪。

③ 黄沙：指边疆的战场。

④ 长成：成丁，到服兵役的年龄。

⑤ 零落：死亡。不及：不如。

⑥ 邻伍：邻居。古制一邻有五家，五家为伍，故称邻伍。伶俜(pīng)：孤单，孤独。

⑦ 及：岂。

⑧ 天子：指唐玄宗。静胡尘：指使边地安定。

⑨ 自合：自当。长策：妥善的谋划。中国：中原，指唐朝。

杜侍御送贡物戏赠[①]

铜柱朱崖道路难，伏波横海旧登坛[②]。越人自贡珊瑚树，汉使何劳獬豸冠[③]？疲马山中愁日晚，孤舟江上畏风寒。由来此货称难得，多恐君王不忍看[④]。

【注释】

① 杜侍御：姓杜，官侍御。

② 铜柱朱崖：指南方边远地区。东汉伏波将军马援曾南征，立铜柱（在今广西分茅岭下），以为汉界。朱崖：又称珠崖，治所在今广东湛江徐闻。伏波：指伏波将军马援。横海：指东汉横海将军韩说。旧：以前，曾经。登坛：指接受委任，率军出征。古代封拜大将，当筑坛举行仪式，大将登坛受命，然后出兵。

③ 越人：泛指南方人。越：百越，指五岭以南。珊瑚树：即珊瑚，指珍贵之物。獬(xiè)豸(zhì)冠：御史所服之冠，指御史。獬豸：神兽，似羊，传说能辨别是非曲直。

④ 由来：向来。难得：指稀世的珍宝。多恐：只恐。

杜甫

【作者简介】

杜甫(712—770),字子美,原籍襄阳(今湖北襄樊),后迁至巩县(今河南巩县),自号少陵野老。唐代现实主义诗人,世称『诗圣』,与李白合称『李杜』,诗作称『诗史』。出身望族,家庭环境优越。曾应进士举,不第。天宝三载(744)四月,与李白首遇长安。客居长安近十年,郁郁不得意。曾住杜陵附近的少陵,世称杜少陵。天宝十四载(755),授河西尉。唐肃宗时,官左拾遗,因受牵连被贬华州司功参军,不久弃官入蜀,在成都城外浣花溪畔建草堂(世称杜甫草堂)。严武再任西川节度使时,荐为检校工部员外郎,世称杜工部。严武去世后携家由夔州(今重庆奉节)出峡,病死于潭州至岳阳的途中。

望岳

岱宗夫如何?齐鲁青未了①。造化钟神秀,阴阳割昏晓②。荡胸生曾云,决眦入归鸟③。会当凌绝顶,一览众山小④。

【注释】

① 岱宗:指泰山,五岳之首。齐鲁:古时齐国、鲁国以泰山为界,齐国在泰山北,鲁国在泰山南。青未了:翠绿的峰峦连绵不断。

② 造化:大自然,天地万物的主宰者。钟:聚集。阴:山北。阳:山南。割:划分。

③ 荡胸:心胸涤荡。曾:同『层』。决眦:眼眶几乎要裂开,形容极度使用目力。入:收入,看见。

④ 会当:终当,定当。凌:登上。绝顶:最高峰。

送孔巢父谢病归游江东兼呈李白①

巢父掉头不肯住②,东将入海随烟雾。诗卷长留天地间,钓竿欲拂珊瑚树③。深山大泽龙蛇远④,春寒野阴风景暮。蓬莱织女回云车,指点虚无是征路⑤。自是君身有仙骨,世人那得知其故⑥?惜君只欲苦死留,富贵何如草头露⑦?蔡侯静者意有余,清夜置酒临前除⑧。罢琴惆怅月照席,几岁寄我空中书⑨?南寻禹穴见李白⑩,道甫问讯今何如?

【注释】

① 孔巢父:冀州(今河北冀县)人,字弱翁,少时与李白、韩准、张叔明、陶沔、裴政隐居山东徂徕山,称『竹溪六逸』。谢病:托病。兼呈:李白在诗人作此诗时在浙江,故曰兼呈。

② 掉头:掉头而去。住:留。

③ 诗卷:指孔巢父诗作。拂:接近,触到。

④ 龙蛇:比喻有抱负的人。

⑤ 蓬莱:神话传说中在东海的仙山。织女:星名,泛指仙女。云车:仙人所乘之车。虚无:空虚缥缈的仙境,即上文所说的『随烟雾』。是征路:一作『引归路』。征路:去路,归宿。

⑥ 自是:原来,本来。那:通『哪』。

⑦ 君:指孔巢父。草头露:草尖上的露水,比喻不能久长。

⑧ 侯:尊称。静者:恬静的人,淡泊名利的人。意有余:意味更深。除:台阶。

⑨ 空中书:从世外来的书信。几岁:何年。

⑩ 禹穴:一说大禹降生地,在四川北川九龙山下;一说大禹墓穴所在地,浙江绍兴会稽山麓。

兵车行①

车辚辚，马萧萧，行人弓箭各在腰②。耶娘妻子走相送，尘埃不见咸阳桥③。牵衣顿足拦道哭，哭声直上干云霄。道旁过者问行人，行人但云点行频④。或从十五北防河，便至四十西营田⑤。去时里正与裹头⑥，归来头白还戍边。边庭流血成海水，武皇开边意未已⑦。君不闻汉家山东二百州，千村万落生荆杞⑧。纵有健妇把锄犁，禾生陇亩无东西。况复秦兵耐苦战⑨，被驱不异犬与鸡。长者虽有问，役夫敢伸恨⑩？且如今年冬，未休关西卒。县官急索租，租税从何出？信知生男恶，反是生女好。生女犹得嫁比邻⑪，生男埋没随百草。君不见青海头⑫，古来白骨无人收。新鬼烦冤旧鬼哭，天阴雨湿声啾啾⑬。

【注释】

① 行：乐府歌曲中的一种体裁。兵车行：杜甫自创的乐府新题。

② 辚辚：车行的声音。萧萧：马嘶鸣的声音。行人：从军出征的人。

③ 耶嬢：字同『爷娘』。咸阳桥：即渭桥，在长安西北。唐代前往西域的人，出长安之后都要经过这里。

④ 点行频：点兵出征频繁。点行，按户籍名册强征服役。

⑤ 或：有的人。防河：即河西(今甘肃、宁夏一带)。唐玄宗时，经常征调大批兵力驻扎，称为防河。营田：戍边的士卒垦荒种地。

⑥ 里正：唐时以百户为里，置里正一人管理。与裹头：替他裹头。古代新兵入伍时需裹束整齐，因年龄小不能自裹，因此里正代他裹头。

⑦ 武皇：汉武帝，此处借指唐玄宗。开边：用武力扩张边界。

⑧ 汉家：汉朝，借指唐朝。山东：函谷关以东。荆杞：荆棘和枸杞，泛指野生灌木。

⑨ 秦兵：关中兵，指这次出征的士兵，即下文的『关西卒』。

⑩ 长者：尊称老年人，指上文的『道旁过者』。役夫：服兵役的人。敢：岂敢。

⑪ 比邻：邻居。

⑫ 青海头：指青海湖边。唐和吐蕃的战争，经常在青海湖附近进行。

⑬ 烦冤：不满，愤懑。啾啾：鸟鸣，此处形容叫声凄厉。

丽人行

三月三日天气新，长安水边多丽人①。态浓意远淑且真，肌理细腻骨肉匀②。绣罗衣裳照暮春，蹙金孔雀银麒麟③。头上何所有？翠为匎叶垂鬓唇④。背后何所见？珠压腰衱稳称身⑤。就中云幕椒房亲，赐名大国虢与秦⑥。紫驼之峰出翠釜，水精之盘行素鳞⑦。犀箸厌饫久未下，鸾刀缕切空纷纶⑧。黄门飞鞚不动尘，御厨络绎送八珍⑨。箫鼓哀吟感鬼神，宾从杂遝实要津⑩。后来鞍马何逡巡，当轩下马立锦茵⑪。杨花雪落覆白苹，青鸟飞去衔红巾⑫。炙手可热势绝伦，慎莫近前丞相嗔⑬！

【注释】

① 三月三日：即上巳节，传说这一天是黄帝的诞辰，后成为游春、宴饮的一个节日。水：指曲江，在长安城南朱雀桥之东。

② 态浓：姿色浓艳。意远：神气高远而不俗。淑且真：文静而又自然。肌理细腻：皮肤细嫩光滑。骨肉匀：身材匀称。

③ 蹙(cù)金孔雀：用金线绣的孔雀。银麒麟：用银线绣的麒麟。蹙：一种刺绣手法。

④ 为：一作『微』。匎(è)叶：用翠玉制成的叶状头花，髻饰。鬓唇：鬓边。

⑤ 珠压：珠缀衣上，压力使其下垂。腰衱(jié)：裙带。稳称身：衣服稳贴，不被风掀起。

⑥ 就中：其中。云幕：指宫殿中轻柔如云的帷幕，指皇后所住的宫殿。椒房亲：皇后的家属。汉代皇后居室以椒和泥涂墙壁，后世因此称皇后所住的宫殿为椒房。虢(guó)：即虢国夫人，杨贵妃的三姊。秦：即秦国夫人，杨贵妃八姊。

⑦ 紫驼：赤栗色骆驼。峰：即驼峰，骆驼背上的肉峰，古时珍馐。翠釜：翠色的锅。水精：即水晶。行：端上。素鳞：即白鳞鱼。

⑧ 犀箸：犀牛角制的筷子。厌饫(yù)：吃饱，吃腻。鸾刀：装有鸾铃的刀。缕切：细切。纷纶：忙乱的样子。

⑨黄门：宦官。飞鞚(kòng)：飞马。鞚：马勒。不动尘：没有扬起尘土，形容骑技熟练。络绎：一作『丝络』。八珍：很多珍美的食物。

⑩杂遝(tà)：众多杂乱。要津：重要的位置，指杨国忠、杨贵妃兄妹的家门口。

⑪后来鞍马：最后骑着一匹马来的人，指杨国忠，即下文的『丞相』。逡巡：欲进不进，形容大模大样。轩：古时有帷幕或围棚的车。
立：一作『入』。锦茵：锦制的地毯。

⑫白苹：水中浮草。杨花覆白苹：暗喻杨国忠和虢国夫人兄妹间不正当的关系。古人认为浮萍是杨花的化身。青鸟：神鸟，西王母使者，后常指男女之间的信使。红巾：古代妇女往往以巾帕作为定情物。

⑬丞相：指杨国忠，天宝十一载(752)十一月为右丞相。嗔(chēn)：一作『瞋』，字通。

月夜

今夜鄜州月，闺中只独看①。遥怜小儿女，未解忆长安②。香雾云鬟湿，清辉玉臂寒③。何时倚虚幌④，双照泪痕干。

【注释】

①鄜(fū)州：今陕西延安富县。闺中：女子的卧室，此处指杜甫的妻子。

②怜：想。未解：尚不懂得。当时，杜甫在长安，妻子及儿女在鄜州。

③云鬟：高耸的环形发髻。

④虚幌：透明的窗幔。幌：帷幔。

春望

国破山河在，城春草木深①。感时花溅泪，恨别鸟惊心②。烽火连三月③，家书抵万金。白头搔更短，浑欲不胜簪④。

【注释】

①国：国都，指长安。草木深：指人烟稀少。

②感时：感伤。花溅泪：对花流泪。鸟惊心：听鸟鸣心惊。

③烽火：古时边防报警的烟火，此处指安史之乱的战火。三月：春季三个月。

④白头：头上的白发。不胜簪：插不上簪。簪：古时成年男子束发的工具。

潼关吏①

士卒何草草②，筑城潼关道。大城铁不如，小城万丈余③。借问潼关吏：修关还备胡④？要我下马行，为我指山隅⑤。连云列战格⑥，飞鸟不能逾。胡来但自守，岂复忧西都⑦？丈人视要处⑧，窄狭容单车。艰难奋长戟，万古用一夫。哀哉桃林战，百万化为鱼⑨。请嘱防关将，慎勿学哥舒⑩！

【注释】

①潼关：位于今陕西渭南潼关北，北临黄河。

②草草：劳苦不堪的样子。

③大城、小城：均指潼关。潼关在山上。铁不如：比喻潼关坚固。万丈余：一说高，一说绵长。

④备：防备。胡：指安禄山叛军。安禄山军中有不少北方少数民族士兵。

⑤要：同『邀』。

⑥连云：连绵的云，比喻战格很长。战格：木栅形的防御工事。

⑦西都：指长安(与东都洛阳相对而言)。

⑧丈人：关吏对杜甫的尊称。

⑨ 桃林：即桃林塞，地点尚无定论，大致位于函谷关以西至潼关一带。百万：虚数，比喻死亡的将士极多。唐玄宗天宝十五载(756)，名将哥舒翰率守关的大军二十万，与安禄山部将崔乾祐军战于灵宝，大败，溺死黄河者数万人。

⑩ 哥舒：指哥舒翰。

石壕吏①

暮投石壕村，有吏夜捉人。老翁逾墙走，老妇出看门②。吏呼一何怒③，妇啼一何苦！听妇前致词：「三男邺城戍④。一男附书至⑤，二男新战死。存者且偷生，死者长已矣⑥！室中更无人，惟有乳下孙⑦。有孙母未去，出入无完裙⑧。老妪力虽衰，请从吏夜归，急应河阳役，犹得备晨炊⑨。」夜久语声绝，如闻泣幽咽。天明登前途，独与老翁别⑩。

【注释】

① 石壕：即石壕村，在今河南陕县观音堂镇。

② 逾：翻越。走：跑，指逃跑。出看门：出来照料门户，指应付捉人的官吏。一作「出门看」。

③ 一何：何其，多么。

④ 三男：三个儿子。邺城：遗址在今河北邯郸临漳西、河南安阳北郊一带。

⑤ 附书：托人带信。

⑥ 且：苟且。长已矣：永远完了，不可复生。

⑦ 乳下孙：正在吃奶的孙子。

⑧ 完裙：完整的裙子。裙是古代妇女的正式服装，不着裙，不便见客。此两句一作「孙母未便出，见吏无完裙」。

⑨ 从：跟随。急：迅速，赶快。应：应征。河阳：今河南焦作孟州。唐肃宗乾元二年(759)，唐朝名将郭子仪在邺城败于安禄山叛军，退守河阳，征集的兵丁伕役都集中于此。晨炊：早饭。

⑩ 登前途：踏上征途。

新婚别

兔丝附蓬麻，引蔓故不长①。嫁女与征夫，不如弃路旁。结发为君妻②，席不暖君床。暮婚晨告别，无乃太匆忙③！君行虽不远，守边赴河阳④。妾身未分明，何以拜姑嫜⑤？父母养我时，日夜令我藏⑥。生女有所归，鸡狗亦得将⑦。君今往死地，沉痛迫中肠⑧。誓欲随君去，形势反苍黄⑨。勿为新婚念，努力事戎行⑩。妇人在军中，兵气恐不扬。自嗟贫家女，久致罗襦裳⑪。罗襦不复施，对君洗红妆⑫。仰视百鸟飞，大小必双翔。人事多错迕，与君永相望⑬。

【注释】

① 兔丝：即菟丝子，一种柔弱的蔓生植物，必须缠绕在其他植物的枝干上，才能向上生长。蓬、麻都是小植物，兔丝缠绕其上，自然不能生长。引：退。

② 结发：即结发为夫妻，结婚。君妻：一作「妻子」。

③ 无乃：岂不是。

④ 河阳：今河南焦作孟州。

⑤ 身：身份，名分。古时妇人嫁至夫家三日之后，上坟祭祖，才算成婚完成。姑嫜(zhāng)：即公公、婆婆。

⑥ 藏：躲藏，指深居闺阁不见外人。

⑦ 归：出嫁。得：一作「相」。将：跟随。

⑧ 迫：压迫，煎熬。中肠：内心。

⑨ 苍黄：通『仓皇』，仓促慌张。
⑩ 事戎行：从军打仗。戎行：军队。
⑪ 致：备办。襦（rú）：短袄，短衣。裳：下衣。
⑫ 不复施：不再穿。红妆：女子盛妆打扮。古代妇女妆饰多用红色。
⑬ 人事：世间的事。错迕（wǔ）：违逆，不如意。

无家别

寂寞天宝后，园庐但蒿藜①。我里百余家，世乱各东西。存者无消息，死者为尘泥。贱子因阵败，归来寻旧蹊②。久行见空巷，日瘦气惨凄③。但对狐与狸，竖毛怒我啼④。四邻何所有？一二老寡妻。宿鸟恋本枝，安辞且穷栖⑤。方春独荷锄，日暮还灌畦⑥。县吏知我至，召令习鼓鞞⑦。虽从本州役，内顾无所携⑧。近行止一身，远去终转迷。家乡既荡尽，远近理亦齐⑨。永痛长病母，五年委沟溪⑩。生我不得力，终身两酸嘶⑪。人生无家别，何以为蒸黎⑫！

【注释】
① 天宝后：指安史之乱发生以后。天宝：唐玄宗年号。安史之乱起于天宝十四载（755），第二年七月，唐玄宗改年号为至德。园庐：田园和庐舍。蒿藜：泛指杂草。
② 贱子：『我』（无家者）的自称。阵败：战败，指郭子仪兵败邺城（见《石壕吏》注⑨）。蹊：小路。
③ 日瘦：太阳暗淡无光。
④ 怒我啼：对我发怒、啼叫。
⑤ 宿鸟：归巢栖息的鸟。本枝：原来的树枝，指旧巢。且穷栖：姑且穷苦地栖息。

⑥ 荷：扛，负。畦（qí）：古代称五十亩田为一畦，此处泛指田地。
⑦ 召：征召。鞞（pí）：同『鼙』，古时军中的一种小鼓。
⑧ 无所携：没有人可以告别。携：分离。转迷：前途迷茫，生死难料。
⑨ 理亦齐：道理都是一样。
⑩ 长病：久病。五年：指从天宝十四载（755）到乾元二年（759）。委沟溪：指死后无人收葬。
⑪ 两：指母子两人。酸嘶：悲叹，失声痛哭。
⑫ 蒸黎：众多，指百姓。

梦李白

其一

死别已吞声，生别常恻恻①。江南瘴疠地，逐客无消息②。故人入我梦，明我长相忆③。恐非平生魂④，路远不可测。魂来枫林青，魂返关塞黑⑤。君今在罗网，何以有羽翼⑥？落月满屋梁，犹疑照颜色⑦。水深波浪阔，无使蛟龙得⑧！

其二

浮云终日行，游子久不至⑨。三夜频梦君，情亲见君意。告归常局促，苦道来不易⑩。江湖多风波，舟楫恐失坠⑪。出门搔白首，若负平生志。冠盖满京华，斯人独憔悴⑫！孰云网恢恢？将老身反累⑬！千秋万岁名，寂寞身后事⑭。

【注释】
① 已：止。吞声：泣不成声。恻恻：悲痛。

②瘴疠：受瘴气而生疾病。江南湿热，古时称为瘴疠之地。逐客：被逐之客，指遭流放的李白。
③故人：指李白。
④恐非：指上文的梦。平生魂：指李白的魂魄。杜甫担心李白死于流放途中或狱中。
⑤关塞：指杜甫所在地秦州（今甘肃天水）。
⑥罗网：捕鸟的工具，指李白遭囚。何以有羽翼：对李白来往自由心怀疑虑。此二句一作在『恐非』二句之前。
⑦颜色：指梦中所见李白的音容笑貌。
⑧无，同『毋』，不要。
⑨游子：指李白。
⑩告归：告别，辞别。局促：不安，拘束。苦道：道路艰险。
⑪楫：桨。恐失坠：暗指传闻李白溺死。
⑫冠盖：指达官贵人。冠：官帽。盖：车上的篷盖。京华：京城。斯人：指李白。
⑬孰云网恢恢：反问，李白的遭遇怎能证明天网是真的恢恢呢？恢恢：宽广的样子。累：牵累，牵连。
⑭千秋万岁名，寂寞身后事：你的声名将千秋万代流传，可是生前却寂寞困顿，那些声名都是死后的事情了。

野望

清秋望不极，迢递起层阴①。远水兼天净②，孤城隐雾深。叶稀风更落，山迥日初沉③。独鹤归何晚，昏鸦已满林④。

【注释】
①清秋：明净爽朗的秋天。不极：没有界限，无边无际。迢递：遥远。层：一作『曾』，意同。阴：阴云。
②兼天：连天。
③迥：远。
④归何晚：即何归晚，为什么回得晚。昏鸦：黄昏归巢的乌鸦。

蜀相①

丞相祠堂何处寻？锦官城外柏森森②。映阶碧草自春色，隔叶黄鹂空好音。三顾频烦天下计，两朝开济老臣心③。出师未捷身先死④，长使英雄泪满襟！

【注释】
①蜀相：即蜀汉丞相，指诸葛亮。
②丞相祠堂：即武侯祠，在今四川成都南门武侯祠大街。锦官城：成都的别称。森森：枝繁叶茂的样子。
③三顾：即三顾茅庐。诸葛亮曾隐居南阳，刘备三顾茅庐请他出山，他替刘备筹划天下的大计，并辅佐刘备创立了蜀汉的基业。频烦：屡次烦劳。两朝：指蜀汉刘备和后主刘禅两代。开济：开创，匡济。
④出师未捷身先死：蜀建兴十二年（234），诸葛亮率军伐魏，在五丈原（在今陕西宝鸡岐山南）与魏军隔渭水相持，胜负未决。八月，诸葛亮病死军中。

野老①

野老篱边江岸回，柴门不正逐江开②。渔人网集澄潭下，估客船随返照来③。长路关心悲剑阁，片云何意傍琴台④？王师未报收东郡，城阙秋生画角哀⑤。

【注释】

①野老：杜甫自称。

②边：一作『前』。逐：面对。

③澄潭：澄清的水潭，即浣花溪，在今四川成都浣花溪公园。下：下网打鱼。估客：商人。估：一作『贾』。返照：夕阳。

④剑阁：即剑门关，在今四川剑阁南。琴台：汉朝司马相如弹琴之地，在今四川成都浣花溪北。何意：一作『何事』。

⑤东郡：东京（洛阳）附近一带的郡县。城阙：一般指京城，此处指成都。画角：古代乐器，以竹或皮革制成，外加彩绘，故名。

春夜喜雨

好雨知时节，当春乃发生①。随风潜入夜，润物细无声。野径云俱黑②，江船火独明。晓看红湿处，花重锦官城③。

【注释】

①知：知道，明白。乃：就。发生：指降雨。

②野径：田野间的小路。

③晓：天刚亮的时候。红湿处：雨水湿润的花丛。花重：花饱含水分，既显得沉重，又分外浓艳。

茅屋为秋风所破歌

八月秋高风怒号，卷我屋上三重茅①。茅飞渡江洒江郊，高者挂罥长林梢，下者飘转沉塘坳②。南村群童欺我老无力，忍能对面为盗贼③。公然抱茅入竹去，唇焦口燥呼不得④，归来倚杖自叹息。俄顷风定云墨色，秋天漠漠向昏黑⑤。布衾多年冷似铁，娇儿恶卧踏里裂。床头屋漏无干处，雨脚如麻未断绝⑦。自经丧乱少睡眠，长夜沾湿何由彻⑧！安得广厦千万间，大庇天下寒士俱欢颜，风雨不动安如山？呜呼！何时眼中突兀见此屋，吾庐独破受冻死亦足⑨！

【注释】

①三重茅：层层茅草。三：约数，泛指多。

②罥（juàn）：挂。长（cháng）：高。塘坳：池塘。塘：一作『堂』。坳：低凹的地方。

③忍能：忍心这样。对面：当面。

④呼不得：喝止不住。

⑤俄顷：一会儿，不久。漠漠：浓郁的样子。

⑥布衾：布质的被子。恶卧：睡相不好。踏里裂：把被子踹裂。

⑦床头：一作『床床』。雨脚：雨点。

⑧丧乱：战乱。何由彻：如何捱到天亮。

⑨突兀：高耸的样子，指广厦。见：通『现』，出现。庐：茅屋。亦：一作『意』。足：值得，满足。

闻官军收河南河北①

剑外忽传收蓟北②，初闻涕泪满衣裳。却看妻子愁何在？漫卷诗书喜欲狂③。白日放歌须纵酒，青春作伴好还乡④。即从巴峡穿巫峡，便下襄阳向洛阳⑤。

【注释】

①河：黄河。

② 剑外：指剑门关以南，即蜀地。蓟北：指幽州、蓟州一带，即安禄山叛军根据地范阳地区。
③ 却看：回头看。漫卷：胡乱地卷起。
④ 青春：指花香鸟语、景色宜人的春天。
⑤ 即从二句：预计还乡的路线：上句出蜀入楚，由西向东；下句由楚向洛，自南而北。自注：『余田园在东京。』巴峡：巴县（今重庆）一带江峡的总称。巫峡：长江三峡之一（其他两峡为瞿唐峡、西陵峡）。便：就。襄阳：即今湖北襄阳。

桃竹杖引赠章留后①

江心磻石生桃竹，苍波喷浸尺度足②。斩根削皮如紫玉，江妃水仙惜不得③。梓潼使君开一束④，满堂宾客皆叹息。怜我老病赠两茎，出入爪甲铿有声⑤。老夫复欲东南征，乘涛鼓枻白帝城⑥。路幽必为鬼神夺，拔剑或与蛟龙争。重为告曰『杖兮杖兮，尔之生也甚正直，慎勿见水踊跃学变化为龙。使我不得尔之扶持，灭迹于君山湖上之青峰⑦』。噫！风尘澒洞兮豺虎咬人，忽失双杖兮吾将曷从⑧！

【注释】
① 桃竹：竹的一种，质地坚实，可用于制箭、做手杖等。引：曲调名，有序奏之意。章留后：即章彝，官留后。留后：官职名，节度使遇事，由子侄或亲信代行职务，称为留后。
② 磻(bō)石：巨石。尺度足：足够的长度，适合做手杖。
③ 江妃：神女。水仙：水中神仙。
④ 梓潼使君：即梓州刺史，指章彝。一束：一捆。
⑤ 两茎：两根竹子。爪甲：形容竹子质地硬。
⑥ 征：出游。枻(xiè)：船桨。白帝城：位于今重庆奉节瞿塘峡口的白帝山上。
⑦ 重为告曰：更有所奉告。重：重申，辞赋中的习语，有强调之意。尔：指桃竹杖。君山：又名湘山，系洞庭湖中小岛。
⑧ 澒(hòng)洞：弥漫，绵延。豺虎：指盗寇。曷从：去哪里。

倦夜

竹凉侵卧内，野月满庭隅①。重露成涓滴，稀星乍有无②。暗飞萤自照，水宿鸟相呼③。万事干戈里，空悲清夜徂④。

【注释】
① 卧内：卧室，内室。野：野外。满：一作『遍』。隅：角落。
② 重露：露水重。涓滴：水滴，水点。稀星：稀疏的星星。乍：忽然。
③ 暗飞：黑暗重飞行。水宿：栖息于水。呼：鸣叫。
④ 干戈：战争。清夜：清静的夜晚。徂(cú)：过去，消逝。

旅夜书怀①

细草微风岸，危樯独夜舟②。星垂平野阔，月涌大江流③。名岂文章著？官应老病休④。飘飘何所似？天地一沙鸥⑤。

【注释】
① 书怀：书写感怀。
② 危樯(qiáng)：高耸的桅竿。

③星垂：星空低垂。月涌：月影从翻滚的浪花中出现。

④名：名声。文章著：因文章而出名。应：一作『因』。

⑤飘飘：飞翔的样子，指漂泊，一作『飘零』。天地：一作『天外』。沙鸥：一种水鸟，形体大而壮。

白帝城最高楼

城尖径仄旌旆愁，独立缥缈之飞楼①。峡坼云霾龙虎卧，江清日抱鼋鼍游②。扶桑西枝对断石，弱水东影随长流③。杖藜叹世者谁子？泣血迸空回白头④。

【注释】

①城尖：白帝城建在山上（见《桃竹杖引赠章留后》注⑥），因而曰尖。仄：狭窄。旌旆(pèi)：旌旗。飘渺：忽隐忽现。飞楼：楼高状如飞腾。

②坼(chè)：裂缝。霾：晦暗，隐晦不明。日抱：阳光拥抱，即日照。鼋(yuán)鼍(tuó)：神话传说中的巨鳖和猪婆龙（扬子鳄）。

③扶桑：神木，在东方日出处。断石：指陡峻的江峡。弱水：西方的水名。《山海经》中有言：『昆仑之北有水，其力不能胜芥，故名弱水。』泛指遥远险恶，或汪洋浩荡的江河。

④杖藜：拄着藜杖。藜：草本植物，茎直，可为杖。谁子：哪一个。泣血：哭出血，形容极度悲痛。迸：涌出，喷射。空：空中。

即事①

暮春三月巫峡长，皛皛行云浮日光②。雷声忽送千峰雨，花气浑如百和香③。黄莺过水翻回去，燕子衔泥湿不妨④。飞阁卷帘图画里，虚无只少对潇湘⑤。

【注释】

①即事：以当下的事物为题材所作的诗。

②皛(xiǎo)皛：洁白明亮的样子。

③千峰雨：形容雨大。浑如：酷似，完全像。浑：简直。百和香：异香名，形容花香浓郁。

④湿不妨：潮湿也没有关系。

⑤飞阁：指夔州（今重庆奉节）城内的西阁，为杜甫寄居之处。飞：形容阁高。虚无：空旷平远。对：面对。潇湘：湘江与潇水的合称，指今湖南地区。

登高

风急天高猿啸哀，渚清沙白鸟飞回①。无边落木萧萧下②，不尽长江滚滚来。万里悲秋常作客，百年多病独登台③。艰难苦恨繁霜鬓，潦倒新停浊酒杯④。

【注释】

①渚：即渚水，今名渚河，汉江支流，在今湖北十堰竹山境内。

②无边：无尽。落木：落叶。萧萧：落叶的声音。

③万里：形容离家远。百年：晚年，一生。

④艰难句：意谓时局艰难，自己年华老大，功业无成。繁霜鬓：鬓如白白的浓霜。繁霜：浓霜。潦倒句：时杜甫因病戒酒，故云。新停：新近停止。浊酒：米酒，颜色混浊，故名。

短歌行赠王郎司直①

王郎酒酣拔剑斫地歌莫哀，我能拔尔抑塞磊落之奇才②。豫章翻风白日动，鲸鱼跋浪沧溟开③。且脱佩剑休徘徊④。西得诸侯棹锦水，欲向何门趿珠履⑤？仲宣楼头春色深，青眼高歌望吾子⑥。眼中之人吾老矣⑦！

【注释】

①短歌行：乐府旧题。郎：对年轻男子的称谓。司直：官名，负责督查官员。

②斫：砍。拔：举荐。尔：指王郎。抑塞：抑郁，失意。磊落：形容胸怀坦荡。

③豫章：两种乔木名，樟科，形相似。翻风白日动：搅动风，使太阳为之动，形容树高大。跋浪：破浪。沧溟：大海。

④佩剑：一作『剑佩』。徘徊：犹豫不决。

⑤得诸侯：指王郎得到西蜀诸侯的信任。棹(zhào)锦水：指乘舟入蜀。棹：划船的工具，形似桨。锦水：锦江，源于贵州，流入湖南。趿(tā)：拖着拖鞋。珠履：缀有明珠的鞋子。趿珠履：指待以上客。

⑥仲宣楼：又名王粲楼，为纪念东汉末年诗人王粲(字仲宣，『建安七子』之一)在襄阳作《登楼赋》而建，位于今湖北襄阳。此处借指饯别之处。青眼：表示对人喜爱或重视。吾子：指王郎。

⑦眼中之人：一说指王郎，一说指作者自己。

全唐诗精选

登岳阳楼①

昔闻洞庭水②，今上岳阳楼。吴楚东南坼，乾坤日夜浮③。亲朋无一字，老病有孤舟④。戎马关山北，凭轩涕泗流⑤。

【注释】

①岳阳楼：位于今湖南岳阳古城西门城墙之上，下瞰洞庭湖。

②洞庭水：即洞庭湖。

③吴楚：吴国、楚国以洞庭湖为界，楚国在西，吴国在东。坼(chè)：裂开。乾坤：日月。

④无一字：音信全无。字：书信。老病：指杜甫。当时杜甫患肺病、风痹症，左臂偏枯，右耳聋。有孤舟：杜甫出蜀后，一直在水路乘舟而行。

⑤戎马：战争。关山北：北方边塞。凭轩：靠着窗户。

刘长卿

【作者简介】

刘长卿，生卒年未有确论，字文房，宣城(今安徽宣城)人，一作河间(今河北河间)人。唐玄宗天宝年间进士。唐肃宗至德年间，任监察御史，调长洲尉，后因事下狱，贬潘州南巴尉，唐代宗大历中出为转运使判官，后遭诬再贬睦州司马。唐德宗建中年间调任随州刺史，世称刘随州。贞元初去任，游于江南一带，贞元七年(791)前已去世。与李白交厚。

逢雪宿芙蓉山主人①

日暮苍山远，天寒白屋贫②。柴门闻犬吠，风雪夜归人。

【注释】

① 芙蓉山：多地均有芙蓉山，此处约指今湖南桂阳或宁乡的芙蓉山。

② 苍山：青山。白屋：用白色木材建造、未加修饰的简陋房屋，指贫苦人家。一说屋用白茅盖顶。

穆陵关北逢人归渔阳①

逢君穆陵路，匹马向桑乾②。楚国苍山古，幽州白日寒。城池百战后，耆旧几家残③？处处蓬蒿遍，归人掩泪看④。

【注释】

① 穆陵关：又名木陵关，在今湖北麻城北。渔阳：治所在今天津蓟州。

② 桑乾：即桑乾河（也作『桑干河』），永定河的上游，此处指渔阳一带。

③ 百战：多次战斗，此处指安史之乱。耆旧：老人。

④ 蓬蒿（hāo）：蓬草和蒿草。归人：返回渔阳的人。

李嘉祐

【作者简介】

李嘉祐，生卒年不详，字从一，赵州（今河北赵县）人。天宝七载（748）进士。官秘书正字，因罪谪鄱阳令，调移江阴令。上元年间出台州刺史，大历年间为袁州刺史。与李白、刘长卿、钱起、皇甫曾和皎然相识。

南浦渡口①

寂寞横塘路，新篁覆水低②。东风潮信急，时雨稻秔齐③。寡妇共租税，渔人逐鼓鼙④。惭无卓鲁术，解印谢黔黎⑤。

【注释】

① 南浦：南面的水边，为送别之地。

② 横塘：池塘。篁：竹。

③ 潮信：潮水来的信号。秔（jīng）：同『粳』，黏性较小的稻米。

④ 共：同『供』。逐鼓鼙：从军。逐：征召。鼙（pí）：古时军中的一种小鼓。

⑤ 惭无二句：言己未能安定人民生活，怀着惭愧的心情而去官。卓鲁术：指清平的政治措施。卓鲁：指东汉时卓茂和鲁恭，二人皆以循良著称。解印：去官。古时官吏的印有绶，系在腰间。黔黎：黔首与黎民，指百姓。

自常州还江阴途中作①

处处空篱落，江村不忍看②。无人花色惨，多雨鸟声寒。黄霸初临郡，陶潜未去官③。乘春务征伐，谁肯问凋残④！

【注释】

① 常州：即今江苏常州。江阴：即今江苏无锡江阴。

② 篱落：篱笆，用竹或荆条编成。江村：江畔村庄。

③ 黄霸：字汉公，汉宣帝时任颍川太守，施政宽平，治绩突出。初临郡：刚到郡治常州，指刺史新到任。陶潜：作者自指。去：一作『罢』。

④ 务：必须，一定。问凋残：关心百姓疾苦，注重生产。

贾至

【作者简介】

贾至（718—772），字幼邻（一作幼麟），洛阳（今河南洛阳）人。生于官宦家庭，天宝十载（751）明经及第。安禄山叛乱期间官中书舍人。唐肃宗乾元元年（758）春，为汝州刺史，后因事贬岳州司马。唐代宗宝应元年（762），复为中书舍人，官终散骑常侍。杜甫曾称其诗『雄笔映千古』。

送李侍郎赴常州①

云晴云散北风寒，楚水吴山道路难②。今日送君须尽醉，明朝相忆路漫漫③。

【注释】

①李侍郎：姓李，官侍郎（长官之副）。

②楚水：楚地的江河。吴山：吴地的山。此处指由岳州（古楚地，今湖南岳阳）至常州（古吴地）的路途。

③漫漫：遥远。

严武

【作者简介】

严武（726—765），字季鹰，华阴（今陕西华阴）人。豪侠好武。初为太原府参军，历宫殿中侍御史。后两次镇蜀，任剑南节度使、成都府尹，封郑国公。广德二年（764）七月，率兵西征，克数城，与郭子仪相配合，击退吐蕃的大举入侵。唐代宗永泰元年（765），因暴病逝于成都。与杜甫友善。

军城早秋①

昨夜秋风入汉关，朔云边月满西山②。更催飞将追骄虏，莫遣沙场匹马还③！

【注释】

①军城：驻守的边塞城池。

②汉关：汉朝的关塞，此处指唐朝军队驻守的关塞。朔云：北方的云气。边月：边关的月色。西山：在今四川成都华阳西，又称雪岭，是当时的边防要地。

③更催：一再催促。飞将：指严武手下作战勇猛的将领。骄虏：强敌，指吐蕃军队。

元结

【作者简介】

元结（719—772），字次山，鲁山（今河南鲁山）人。天宝六载（747）应举落第后，归隐商余山，受道家思想影响深远。天宝十二载（753）进士及第。安史之乱起，逃难入猗玗洞，因号猗玗子。以右金吾兵曹参军摄监察御史，充山南东道节度参谋，立有战功。唐代宗时任道州刺史，官容管经略使，颇有政绩。

喻瀼溪乡旧游①

往年在瀼滨，瀼人皆忘情②。今来游瀼乡，瀼人见我惊。我心与瀼人，岂有辱与荣？瀼人异其心，应为我冠缨③。昔贤恶如此，所以辞公卿④。贫穷老乡里，自休还力耕⑤。况曾经逆乱，日厌闻战争。尤爱一溪水，而能存让名⑥。终当来其滨，饮啄全此生⑦。

【注释】

①喻：告知。瀼(ráng)溪：河名，在今江西瑞昌西北，下游入长江。
②忘情：情感完全融洽在一起，彼此间没有界线。
③异其心：情感发生了变化。为：因为。冠缨：官帽与官帽的带子，此处指做官。
④公卿：泛指官职。
⑤老：终老。休：休致，即去官还家。还：还乡。
⑥一溪水：指瀼溪。让：谦让。
⑦饮啄：吃喝、生活，比喻自由自在的生活。

春陵行①

军国多所需，切责在有司②。有司临郡县，刑法竞欲施。供给岂不忧③？征敛又可悲。州小经乱亡，遗人实困疲④。大乡无十家，大族命单羸⑤。朝餐是草根，暮食是木皮。出言气欲绝，意速行步迟⑥。追呼尚不忍，况乃鞭挞之！邮亭传急符，来往迹相追⑦。更无宽大恩，但有迫促期。欲令鬻儿女，言发恐乱随⑧；悉使索其家，而又无生资⑨。听彼道路言，怨伤谁复知！去冬山贼来，杀夺几无遗。所愿见王官，抚养以惠慈⑩。奈何重驱逐，不使存活为⑪？安人天子命，符节我所持⑫。州县忽乱亡，得罪复是谁？逋缓违诏令，蒙责固所宜⑬。前贤重守分，恶以祸福移⑭。亦云贵守官⑮，不爱能适时。顾惟孱弱者，正直当不亏⑯。何人采国风⑰，吾欲献此辞。

【注释】

①春(chōng)陵：在今湖南宁远境内。
②切责：急切求索。有司：有所职掌，指地方行政长官。
③供给：指供给军国所需。
④遗人：战乱后遗留下来的百姓。
⑤单羸(léi)：孤弱。
⑥意速：想走快。意：一作「言」。
⑦邮亭：古时传递文书的人沿途休息的处所。急符：紧急的催征文书。迹相追：络绎不绝。
⑧鬻(yù)：卖。乱随：变乱。
⑨生资：生活资料。
⑩王官：朝廷派来的官吏。抚养：安抚。惠慈：恩惠、仁爱。
⑪驱逐：逼迫，横征暴敛。为：语气词，表示反问。
⑫安人：安定百姓。符节：古代军事或行政长官受命出征、出任的凭证。
⑬逋：豁免。缓：延缓。诏令：古代帝王、皇太后或皇后所发命令、文告的总称。所：一作「其」。
⑭守分：安分守己，照着自己的本分去做。恶：反对。
⑮守官：严守官位，尽自己的职责。不爱：指不贪恋官位。
⑯顾惟：顾念。孱弱者：指穷困的百姓。不亏：无损良知。
⑰采国风：采集民间歌谣。《汉书·艺文志》有言：「古有采诗之官，王者所以观风俗，知得失，自考正也。」

孟云卿

【作者简介】

孟云卿，生卒年不详，鲁山（今河南鲁山）人。天宝年间应试不第，三十岁后始举进士。唐肃宗大历初年，官校书郎。与杜甫、元结友善。

古别离①

朝日上高台，离人怨秋草②。但见万里天③，不见万里道。君行本迢远，苦乐良难保④。宿昔梦同衾，忧心梦颠倒⑤。含酸欲谁诉？辗转伤怀抱⑥。结发年已迟，征行去何早⑦！寒暄有时谢，憔悴难再好⑧。人皆算年寿⑨，死者何曾老？少壮无见期，水深风浩浩⑩。

【注释】

① 古别离：新乐府歌曲名。

② 怨秋草：像秋草一样悲怨。怨：一作『愁』。

③ 但见万里天：一作『如见万里人』。

④ 迢远：遥远。良：诚。难保：一作『谁保』。

⑤ 宿昔：隔夜。同衾：同床而睡。颠倒：同衾之梦与事实颠倒。

⑥ 此两句：一作在『君行本迢远』句之前。辗转：一作『转转』。怀抱：心怀，心意。

⑦ 结发：结婚，成家。征行：出征，远行。

⑧ 寒暄：寒暑。有时谢：按照时序轮替。难再好：一作『亦难好』。好：恢复如初。

⑨ 算：一作『美』。

⑩ 无见期：没有重来的机会。浩浩：风势强劲的样子。

刘湾

【作者简介】

刘湾，生卒年不详，字灵源，彭城（今江苏徐州）人。约唐玄宗天宝前后在世。天宝十载（751），应怀才抱器科制举，全场皆落第，其试卷被认为答非所问，勒令还郡学习，后进士及第。安史之乱中，以侍御史居衡阳，与元结相友善。

出塞曲

将军在重围，音信绝不通。羽书如流星，飞入甘泉宫①。倚是并州儿②，少年心胆雄。一朝随召募，百战争王公③。去年桑干北④，今年桑干东。死是征人死，功是将军功。汗马牧秋月⑤，疲卒卧霜风。仍闻右贤王，更欲围云中⑥。

【注释】

① 羽书：古代军中告急的文书。插鸟羽以示紧急。甘泉宫：汉宫名，在今陕西淳化西北甘泉山上，此处指唐朝的宫廷。

② 倚：倚仗。并州儿：并州的儿郎。并州：治所在今山西太原，民风崇尚勇猛，多勇义之士。

③ 随：听从。百战：泛指多次战斗。王公：最高的官爵，此处指战功。

④ 桑干：即桑干河，也作桑乾河，位于河北西北部和山西北部。

⑤ 汗马：战马奔走而出汗，此处指战争没有结束。

⑥ 右贤王：匈奴贵族的封号，泛指匈奴军队首领。云中：治所在今山西大同。

韦应物

【作者简介】

韦应物(737—792)，长安人。其家为关中望族，贵宦辈出，人才迭现。早年尚豪侠，横行乡里。十五岁起以三卫郎事唐玄宗。安史之乱中流落失职，始发奋读书。唐代宗时出仕，历任洛阳丞、比部员外郎、滁州与江州刺史，改左司郎中，官终苏州刺史，世称『韦苏州』『韦左司』『韦江州』。韦诗以五古成就最高，有『五言长城』之称。

郡斋雨中与诸文士燕集①

兵卫森画戟，燕寝凝清香②。海上风雨至，逍遥池阁凉③。烦疴近消散④，嘉宾复满堂。自惭居处崇，未睹斯民康⑤。理会是非遣，性达形迹忘⑥。鲜肥属时禁⑦，蔬果幸见尝。俯饮一杯酒，仰聆金玉章⑧。神欢体自轻，意欲凌风翔。吴中盛文史，群彦今汪洋⑨。方知大藩地，岂曰财赋强⑩。

【注释】

①郡斋：指苏州刺史官署中的斋舍。燕集：宴饮聚会，燕通『宴』。

②森：众多。画戟：古时一种兵器，常用作仪仗。燕寝：公务之余休息的场所，即诗题中的『郡斋』。

③池阁：池苑楼阁。

④烦疴(kē)：因暑热而困顿烦躁。疴：疾病。

⑤崇：崇高，此处指住处华丽高贵。斯民：百姓。

⑥会：通。遣：排除。性达：天性通达。

⑦时禁：一时禁食之物。

⑧金玉章：文采华美、声韵优美的文章。

⑨吴中：即今江苏苏州。群彦：群英，群贤。

⑩大藩：郡、大州。岂曰：岂止。财赋：财货赋税，指财政收入。

幽居

贵贱虽异等，出门皆有营①。独无外物牵，遂此幽居情②。微雨夜来过，不知春草生。青山忽已曙，鸟雀绕舍鸣。时与道人偶③，或随樵者行。自当安蹇劣，谁谓薄世荣④？

【注释】

①异等：等级、社会地位不同。营：谋求。

②外物：身外之物，指功名利禄。遂：如愿，满足。

③偶：相遇。

④自当：自然应当。安：安于。蹇(jiǎn)劣：笨拙。蹇：跛，行动迟缓。劣：一作『拙』。薄：鄙薄。世荣：世俗的荣华富贵。

赋得暮雨送李胄①

楚江微雨里，建业暮钟时②。漠漠帆来重，冥冥鸟去迟③。海门深不见，浦树远含滋④。相送情无限，沾襟比散丝⑤。

【注释】

①赋得：分题赋诗。李胄：又作李曹、李渭，唐诗人。

② 楚江：即长江，长江流域古为吴楚之地，故名。建业：即金陵（今江苏南京）。暮钟：傍晚的钟声。唐时多佛寺。
③ 漠漠：浓郁。冥冥：昏暗。
④ 海门：长江入海之处，在今江苏海门。浦树：江边的树。滋：绿油油的潮润之色。
⑤ 沾襟：打湿衣襟。散丝：密雨，比喻泪水。

滁州西涧①

独怜幽草涧边生，上有黄鹂深树鸣②。春潮带雨晚来急，野渡无人舟自横③。

【注释】
① 滁州：即今安徽滁州。西涧：即西涧湖，又名城西湖，在滁州城西。
② 幽草：一作『芳草』。生：一作『行』。深树：枝叶茂密的树。树：一作『处』。
③ 春潮：春天的潮汐。野渡：郊野的渡口。

观田家①

微雨众卉新②，一雷惊蛰始。田家几日闲？耕种从此始。丁壮俱在野，场圃亦就理③。归来景常晏，饮犊西涧水④。饥劬不自苦，膏泽且为喜⑤。仓廪无宿储⑥，徭役犹未已。方惭不耕者，禄食出闾里⑦。

【注释】
① 田家：农家。

全唐诗精选

② 卉：草的总称。
③ 场圃：场地和园圃。就理：整理完毕。
④ 景常晏：经常到天色将晚。景：日光。晏：晚。犊：小牛。
⑤ 劬（qú）：劳累，劳苦。膏泽：指贵如油的春雨。
⑥ 仓廪：仓库。宿储：隔夜的粮食。
⑦ 不耕者：做官的人，作者自指。禄食：俸禄。闾里：乡间，指民间。

钱起

【作者简介】
钱起（约722—780），字仲文，吴兴（今浙江湖州）人，书法家怀素和尚之叔。早年数次赴试落第，天宝年间进士，曾任秘书省校书郎、蓝田尉、司勋郎中、司封郎中等，仕终考功郎中，世称『钱考功』。唐代宗大历年间为翰林学士，被誉为『大历十才子之冠』；与郎士元齐名，称『钱郎』，时人有言『前有沈宋（沈佺期、宋之问），后有钱郎』。

衔鱼翠鸟

有意莲叶间，瞥然下高树①。擘波得潜鱼②，一点翠光去。

【注释】
① 瞥然：忽然，迅速地。

②擘波：分开，剖裂，指翠鸟划开波面，飞入水中。

归雁

潇湘何事等闲回？水碧沙明两岸苔①。二十五弦弹夜月，不胜清怨却飞来②。

【注释】

①潇湘：潇水、湘江的合称，泛指湖南地区。等闲：轻易，随便。碧：水深而清。

②二十五弦：指瑟。《史记·封禅书》中记载：『太帝使素女鼓五十弦瑟，悲，帝禁不止，故破其瑟为二十五弦。』弹：指湘水女神。不胜：不能承受，指雁。清怨：曲调凄清哀怨。

郎士元

【作者简介】

郎士元，生卒年不详，字君胄，中山（今河北定县）人。天宝十五载（756）进士。安史之乱中，避难江南。宝应元年（762）补渭南尉，历右拾遗等职，官终郢州刺史。诗与钱起齐名，世称『钱郎』，时有『前有沈宋，后有钱郎』之说。

送李将军①

双旌汉飞将，万里独横戈②。春色临关尽，黄云出塞多③。鼓鼙悲绝漠，烽戍隔长河④。想到阴山北，天骄已请和⑤。

【注释】

①题目一作《送李将军赴定州》。

②双旌：古时一种高官出行时的仪仗。旌：旗。汉飞将：汉时，李广被匈奴人称为『飞将军』。此处指李将军。独：一作『授』。横戈：率军防边。

③关：边关，一作『边』。黄云：黄色的尘沙。

④鼓鼙（pí）：战鼓。绝漠：遥远的沙漠。烽戍：烽火和营垒。长河：黄河。

⑤阴山：位于今内蒙古中部及河北北部，泛指西北边地的群山。天骄：匈奴在汉时被称为『天之骄子』，《汉书·匈奴传》载：『南有大汉，北有强胡。胡者，天之骄子也，不为小礼以自烦。』此处泛指强敌。

柏林寺南望

溪上遥闻精舍钟，泊舟微径度深松①。青山霁后云犹在，画出东南四五峰②。

【注释】

①精舍：僧道居住或说法布道的处所，指佛寺。微径：小路。度：越过。深松：浓密的松林。

②东南：一作『西南』。

张继

【作者简介】

张继，生卒年不详，字懿孙，襄州（今湖北襄阳）人，唐玄宗天宝前后在世。约天宝十二载（753）进士。曾佐戎幕，又为盐铁判官。唐代宗大历末年，入朝为检校祠部员外郎。死于洪州（今江西南昌）。

枫桥夜泊①

月落乌啼霜满天，江枫渔火对愁眠②。姑苏城外寒山寺，夜半钟声到客船③。

【注释】

①枫桥：在今江苏苏州虎丘。

②乌啼：一说乌鸦啼鸣，一说乌啼镇，但苏州一带有无乌啼镇不可考。江枫：水边的枫树，一说江村桥、枫桥。渔火：渔船上的灯火。对愁眠：伴愁而眠。

③姑苏：苏州的别称。寒山寺：在今苏州西枫桥镇，始建于南朝梁代。一说『寒山』泛指肃寒之山，非寺名。夜半钟声：指佛寺半夜敲钟。

全唐诗精选

阊门即事①

耕夫召募逐楼船②，春草青青万顷田。试向吴门窥郡郭，清明几处有新烟③？

【注释】

①阊（chāng）门：又名破楚门，苏州古城西门，始建于春秋时。阊：传说中的天门。

②逐楼船：从军出征。楼船：有楼的大船，古时多为战船。

③吴门：即阊门。春秋时吴国的国都在苏州，阊门是吴王阖闾所建。郡郭：近郊。新烟：古时风俗，寒食（冬至后一百零五天）禁烟火，只吃冷食，到清明重新起火，称为『新烟』。